亨利·詹姆斯 小说系列

伦敦围城

The Siege of London

〔美〕亨利·詹姆斯 著

李连涛 译

人民文学出版社
PEOPLE'S LITERATURE PUBLISHING HOUSE

图书在版编目(CIP)数据

伦敦围城/(美)亨利·詹姆斯著;李连涛译.
—北京：人民文学出版社,2021(2022.2 重印)
(亨利·詹姆斯小说系列)
ISBN 978-7-02-014212-5

Ⅰ.①伦⋯　Ⅱ.①亨⋯ ②李⋯　Ⅲ.①中篇小说-美
国-近代　Ⅳ.①I712.44

中国版本图书馆 CIP 数据核字(2018)第 086103 号

责任编辑　甘　慧　邱小群　骆玉龙
封面设计　钱　珺

出版发行　人民文学出版社
社　　址　北京市朝内大街 166 号
邮政编码　100705

印　　制　上海盛通时代印刷有限公司
经　　销　全国新华书店等

开　　本　890 毫米×1240 毫米　1/32
印　　张　5
字　　数　100 千字
版　　次　2021 年 1 月北京第 1 版
印　　次　2022 年 2 月第 3 次印刷

书　　号　978-7-02-014212-5
定　　价　50.00 元

如有印装质量问题,请与本社图书销售中心调换。电话:010－65233595

序 一

◎李维屏

亨利·詹姆斯（Henry James，1843—1916）是现代英美文坛巨匠，西方现代主义文学运动的先驱。这位出生在美国而长期生活在英国的小说家不仅是英美文学从十九世纪现实主义向二十世纪现代主义转折时期一位继往开来的关键人物，而且也是大西洋两岸文化的解释者。自二十世纪八十年代以来，詹姆斯的小说创作和批评理论引起了我国学者的高度关注，相关研究成果层出不穷。他那形式完美、风格典雅的作品备受中国广大读者的青睐。近日得知吴建国教授与李和庆教授主编的"亨利·詹姆斯小说系列"即将由著名的人民文学出版社出版，我感到由衷的高兴，便欣然命笔，为选集作序。

亨利·詹姆斯是少数几位在英美两国文坛都拥有举足轻重地位的文学大师之一。今天，国内外学者似乎获得了这样一个共识，即詹姆斯的小说创作代表了十九世纪末开始流行于欧美文坛的一种充满自信、高度自觉并以追求文学革新为宗旨的现代艺术观。如果我们今天仅仅将詹姆斯看作现代心理小说的杰出代表或现代小说理论的创始人，这显然是远远不够的。如果我们将他的艺术主张放到宏观的西方文学革新的大背景中加以考量，将他的小说创作同一百多年前那场声势浩大的现代主义运动互相联系，那么我们不难发现，詹姆斯的创作成就、现代小说理论体系以及他在早期现代主义运动中的引领作用，完全奠定了他在现代世界文坛的重要地位。正如与他同时代的著名小说家约瑟夫·康拉德所说："凭借其作品和力量，詹姆斯是一位艺术的英雄。"著名诗人 T. S. 艾略特也曾感慨地说过："随着福楼拜和詹姆斯的出现，（传统）小说已经宣告结束。"我以为，詹姆斯小说的一个最重要的特征也许是他的国际视野。他所追求的国际视野不仅体现了他早期现代主义思想的开拓性，而且也成为第一次世界大战前后一批自我流放的现代主义者追踪国际文化和艺术前沿的风向标。君不见，詹姆斯创建的遐迩闻名的"国际主题"（the international theme）在大力倡导文化交流、文明互鉴、探索"人类命运共同体"的今天依然具有重要的启示作用。

"亨利·詹姆斯小说系列"分别收录了詹姆斯的六部长篇小说、四部中篇小说和两部共由十八个高质量的故事组成的短篇小说集。《一位女士的画像》《华盛顿广场》《鸽翼》《金钵记》《专使》和《美国人》等长篇小说不仅代表了詹姆斯创作的最高成就，而且早已步入了世界经典英语小说的行列。《螺丝在拧紧》《黛西·米勒》《伦敦围城》和《在笼中》等中篇小说以精湛的技巧和敏锐的目光观察了那个时代的生活，而詹姆斯的短篇小说则像一个个小小的摄像头对准各种不同的场合，生动记录了欧美社会种种世态炎凉、文化冲突以及现代人的精神困惑。毋庸置疑，这套詹姆斯小说选集的作品是经编选者认真思考后精心选取的。

"亨利·詹姆斯小说系列"的出版为我国的读者提供了一个

全面了解詹姆斯的创作实践、品味其小说艺术和领略其语言风格的契机。我相信，这套选集的问世不仅会进一步提升詹姆斯在我国广大读者中的知名度，而且会对国内詹姆斯研究的发展产生积极的影响。

2018 年 1 月于上海外国语大学

开创心理现实主义小说先河的文学艺术大师

——"亨利·詹姆斯小说系列"序二

◎吴建国

一　引　言

"我们在黑暗中奋力拼搏——我们竭尽全力——我们倾情奉献。我们的怀疑就是我们的激情，而我们的激情则是我们的使命。剩下的就是对艺术的痴迷。"亨利·詹姆斯短篇小说《中年岁月》里那位小说家在弥留之际的这句肺腑之言，也是亨利·詹姆斯本人的座右铭。

詹姆斯的创作凝结着厚重的历史理性、人文精神和诗学意义，他的主题涵盖大西洋两岸的人们在社会、历史、文化、伦理、婚姻乃至意识形态等诸多方面的交互影响和碰撞，即所谓"国际题材"。他殚精竭虑地探索的问题是：什么是真实的生活，什么是理想的生活，更为重要的是，如何在艺术上再现这种生活。他强调人性、人情、人道，以及人的感性、灵性、诗性对人类生存的重要意义。在刻画人物的内心世界和社交活动时，常运用边界模糊甚至互为悖反的动机和印象展现人物的精神风貌，通过"由内向外"的描写反映变幻莫测、充满变数的大千世界和人的生存价值。他的叙事艺术和语言风格独树一帜，笔意奇崛，遣词谋篇精微细腻，具有高度的实验性，对人物、情节和场景的描摹颇具印象派绘画的特性，甚而有艰涩难解、曲高和寡之嫌。他是欧美现实主义向现代主义创作转型时期重要的小说家和批评家，是美国现代小说和小说理论的奠基人，是开创二十世纪西方心理现实主义小说先河的文学艺术大师。他曾三度（一九一一年、一九一二年、一九一六年）获诺贝尔文学奖提名，并于一九一六年获得英王乔治五世授予的功绩勋章。他卷帙浩繁的著作、博大精深的创作思想和追求艺术真理的革新精神，对二十世纪崛起的西方现代派乃至后现代派文学具有深远的影响。

二 亨利·詹姆斯小传

亨利·詹姆斯于一八四三年四月十五日出生在纽约市华盛顿广场具有爱尔兰和苏格兰血统的名门世家。他的祖父威廉·詹姆斯（William James，1771—1832）于美国独立战争之后不久从爱尔兰移民美国，凭借自己的努力成为纽约州奥尔巴尼市赫赫有名的银行家和投资家。他的父亲老亨利·詹姆斯（Henry James Sr.，1811—1882）继承了其父的巨额遗产，是一位富有睿智、性情豁达的哲学家、神学家和作家，是美国超验主义哲学家兼诗人拉尔夫·爱默生（Ralph Waldo Emerson，1803—1882）和哲学家兼诗人和散文家亨利·梭罗（Henry David Thoreau，1817—1862）等大文豪的知心好友。他的母亲玛丽·沃尔什（Mary Robertson Walsh，1810—1882）出身于纽约上流社会的富裕人家。他的哥哥威廉·詹姆斯（William James，1842—1910）是美国著名心理学家、教育家和实用主义哲学的创始人，是二十世纪初最具影响力的哲学家和"美国心理学之父"。他的妹妹艾丽斯·詹姆斯（Alice James，1848—1892）是日记作家，以其发表的众多日记而闻名遐迩。

由于老亨利·詹姆斯信奉"斯威登堡学说"①，认为传统教育模式不利于个性发展，应当让子女得到世界性教育，亨利·詹姆斯幼年时的教育主要是在父母和家庭教师的指导下进行的，后来又经常跟随父母往返于欧美两地，偶尔就读于奥尔巴尼、伦敦、巴黎、日内瓦、布洛涅、波恩、纽波特、罗德岛等地的学校，并在父亲的带领下面见过狄更斯和萨克雷等英国大作家。詹姆斯自幼便受到欧洲人文思想和文化环境的熏陶，且博闻强识，尤其注重吸收科学和哲学理念，这使他从小就立下了要从事文学创作的远大志向。在一八五五年至一八六〇年举家旅欧期间，他们在法国逗留时间最长，詹姆斯得以迅速掌握了法语。詹姆斯早年说英语时略有口吃，但法语却说得非常流利，从此不再结巴。

一八六〇年，他们从欧洲返回美国，居住在纽波特。詹姆斯开始接触法国文学，系统阅读了大量法国文学作品。他尤其喜爱巴尔扎克，称巴尔扎克为"最伟大的文学大师"。巴尔扎克的小说艺术对他后来的创作影响甚大。一八六一年秋，詹姆斯在一场救火事件中腰部受伤，未能服兵役参加美国南北战争。这次腰伤

---

① 斯威登堡学说（Swedenborgianism），瑞典科学家和神学家伊曼纽尔·斯威登堡（Emanuel Swedenborg, 1688—1772）所倡导的新的宗教思潮，认为每一个人都必须在不断悔过自新的过程中积极地彼此相互合作，从而获得个人生活和精神的升华。

落下的后遗症在他一生中仍时有发作，使他怀疑自己从此丧失了性功能，因而终身未娶。一八六二年，他考入哈佛大学法学院。但他对法学不感兴趣，一年后便离开了哈佛大学，继续追求他所钟情的文学事业。此时，他与威廉·豪威尔斯（William Dean Howells，1837—1920）、查尔斯·诺顿（Charles Eliot Norton，1827—1908）、安妮·菲尔兹（Annie Adams Fields，1834—1915）等美国文学评论家和作家交往甚密。在他们的鼓励和引导下，詹姆斯于一八六三年开始撰写短篇小说和文学评论，作品大都发表在《大西洋月刊》《北美评论》《国家》《银河》等大型文学刊物上。

他的第一部长篇小说《看护》（*Watch and Ward*）于一八七一年开始在《大西洋月刊》连载，经过他重新修润后，于一八七八年正式出版。这部小说描写主人公罗杰·劳伦斯如何收养幼女诺拉，将她抚养成人，最后娶她为妻的艳情故事：罗杰是波士顿有闲阶层的富豪，诺拉的父亲兰伯特因生活所迫，曾向他借钱以解燃眉之急，却遭到了他冷漠的拒绝。兰伯特在隔壁房间自杀身亡，罗杰深感懊悔，收养了他的女儿诺拉。诺拉时年十二岁，体质羸弱，模样也很难看。在罗杰的悉心照料下，诺拉很快成长起来。罗杰想把她抚养成人后让她做自己的新娘。岂料，诺拉出落成如花似玉的美少女后，却被另外两个男人疯狂追求：一个是风流成性、心怀叵测的乔治·芬顿，另一个是罗杰的表弟、虚伪的牧师休伯特·劳伦斯。涉世未深的诺拉经历了一系列富有浪漫色彩的冒险之后，终于上当受骗，落入芬顿设下的圈套，在纽约身陷囹圄。罗杰在危急关头挺身而出，挽救了诺拉，两人终成眷属。

《看护》展现了詹姆斯早期朴直率性的写作风格和他对言情小说的喜爱。这部小说的情节看似错综复杂、扑朔迷离，但对诺拉由丑小鸭成长为美天鹅的发展过程写得过于平铺直叙，对卑鄙下流的恶棍芬顿的刻画显然囿于俗套，故事的叙事进程也平淡无奇，甚至不乏隐晦的色情描写，皆大欢喜的结局也缺乏应有的审美张力。詹姆斯一八八三年在选编他的作品选集时，不愿把《看护》收录其中。但小说却把艳若天仙的美少女诺拉刻画得栩栩如生、魅力四射，令人赏心悦目，对纽约社会底层生活场景的描摹也入木三分，显示出作者对社会和伦理问题细致入微的关注。小说的语言也优美流畅、睿智幽默，富有诗情画意，深得读者喜爱。《看护》预示着一位文学大师即将横空出世。

由于发现美国太讲究物质利益，缺乏文化底蕴，不利于艺术创新，詹姆斯于一八六九年离开美国，开始了他人生第一次在海外自我流放的生活。在一八六九年至一八七〇年间的十四个月里，他游历了伦敦、巴黎、罗马等欧洲大都市。一八六九年侨居在伦敦时，他结识了约翰·拉斯金、狄更斯、马修·阿诺德、威廉·莫里斯、乔治·爱略特等英国著名作家和文学评论家，与他们过从甚密。此外，他还与麦克米伦等出版机构建立了长期的合作关系，由出版商先预付稿酬分期连载他的作品，而后再结集成书出版。鉴于这些分期连载的小说主要面向英国中产阶级的女性读者，出版商希望他创作出适合年轻女性阅读口味的作品。尽管必须满足编辑部提出的种种苛求，但他在创作中仍坚持严肃的主题和审美标准。此时的詹姆斯虽然蛰居在伦敦的出租屋里，却有机会接触政界和文化界的名流雅士，常去藏书量丰富的俱乐部与朋友们交谈。在此期间，他结交了亨利·亚当斯（Henry Brooks Adams，1838—1918）、查尔斯·盖斯凯尔（Charles George Milnes Gaskell，1842—1919）等欧美学者和政要。在遍访欧洲各大都市期间，他对罗马尤为喜爱，想在罗马做一名自食其力的自由作家，后来成了《纽约先驱报》驻巴黎的特约记者。由于事业不顺等原因，他于一八七〇年回到纽约市，但不久后又重新返回伦敦。一八七四年至一八七五年间，他发表了《大西洋两岸随笔》（*Transatlantic Sketches*，1875）、《狂热的朝香者和其他故事》（*A Passionate Pilgrim and Other Tales*，1875）、长篇小说《罗德里克·赫德森》（*Roderick Hudson*，1875），以及若干中短篇小说。在这一阶段，他的作品具有美国小说家纳撒尼尔·霍桑的遗响。

《罗德里克·赫德森》写成于詹姆斯侨居罗马的那段日子里。詹姆斯自认为这才是他真正意义上的第一部长篇小说。这是一部心理成长小说（Bildungsroman），描写血气方刚、才华横溢、豪情满怀的美国马萨诸塞州年轻的法学生、雕塑爱好者罗德里克·赫德森如何在意大利迷失在各种情感纠葛、物欲诱惑，以及理性与现实的矛盾和冲突之中，渐渐走向成熟，后又死于非命的故事。小说以罗马为背景，以生动的笔触描写了这座名人荟萃的艺术大都会的社会风貌、文化气息、人情世故和美不胜收的雕塑艺术馆，鞭辟入里地揭示了欧美两地价值观的冲突，探讨了金钱与艺术、爱情和精神追求之间的关系。小说中所塑造的欧洲最美丽的姑娘克里斯蒂娜·莱特，后来又再次成为他的长篇小说《卡萨玛西玛王妃》(*The Princess Casamassima*，1886) 中的女主人公。

一八七五年秋，詹姆斯离开伦敦前往巴黎，居住在位于塞纳河左岸的拉丁区。在此期间，他结识了福楼拜、屠格涅夫、莫泊桑、左拉、都德等大作家，与他们结下了深厚的友谊。在巴黎生活了一年之后，他于一八七六年再次返回伦敦。在此后的四十年里，除了偶尔返回美国和出访欧洲外，他大都生活在英国。他勤于思索，对文学艺术已有自己独到的见解，且潜心于笔耕，保持着旺盛的创作势头，写出了长篇小说《美国人》(*The American*，1877)、《欧洲人》(*The Europeans*，1878)，评论集《论法国诗人和小说家》(*French Poets and Novelists*，1878)、《论霍桑》(*Hawthorne*，1879)，以及《国际插曲》(*An International Episode*，1878) 等一系列中短篇小说。一八七八年出版的中篇小说《黛西·米勒》(*Daisy Miller*) 奠定了他在文学界的崇高声望。这部小说之所以在大西洋两岸引起巨大轰动，主要是因为小说所着力刻画的女主人公的行为举止和个性特征已经大大超出当时欧美两地传统的社会准则和伦理规范。他的第一部重要长篇代表作《一位女士的画像》(*The Portrait of a Lady*，1881) 也创作于这一时期。

一八七七年，他首次参观了好友盖斯凯尔的家园、英国什罗普郡的文洛克寺。这座始建于公元七世纪的古寺历尽沧桑的雄姿及其周围的广袤原野激发了他的创作灵感，寺内神秘的浪漫气氛和寺院后宁静修远的湖泊，成了他日后所创作的哥特式小说《螺丝在拧紧》(*The Turn of the Screw*，1898）的基本背景和素材。在这一时期，詹姆斯仍遵循法国现实主义小说家，尤其是左拉的创作思想和叙事风格。霍桑对他的影响已日渐减弱，取而代之的是乔治·爱略特和屠格涅夫。他自己的创作思想和艺术风格业已日渐成熟。一八七九年至一八八二年间，詹姆斯相继发表了长篇小说《一位女士的画像》、《华盛顿广场》(*Washington Square*，1880）和《信心》(*Confidence*，1880），游记《所到各地图景》(*Portraits of Places*，1883），以及《伦敦围城》(*The Siege of London*，1883）等中短篇小说，这些作品大多为"国际题材"小说。

一八八二年至一八八三年间，詹姆斯遭受了数次痛失亲朋好友的打击：他母亲于一八八二年病逝，他父亲也于数月后离世。他们家族的老友和常客、著名思想家和文学家拉尔夫·爱默生也于一八八二年逝世。他的良师益友屠格涅夫于一八八三年与世长辞。

一八八四年春，詹姆斯再次离开伦敦前往巴黎，常与左拉、都德等作家在一起切磋交谈，并结识了法国著名自然主义小说家龚古尔兄弟。詹姆斯似乎暂时放下了"美国与欧洲神话"，开始潜心研究法国现实主义和自然主义文学，发表了他的文学评论集《论小说的艺术》(*The Art of Fiction*，1884）。一八八六年，他出版了描写波士顿女权主义运动的长篇小说《波士顿人》(*The*

Bostonians）和以伦敦无政府主义者的革命故事为题材的长篇小说《卡萨玛西玛王妃》。这两部社会小说融合了法国自然主义文学的思想倾向和叙事方法，但当时的评论界和图书市场对这两部作品的接受状况并不令人满意。在这一时期，詹姆斯不仅博览群书，而且结交了欧美文坛诸多卓有建树的文学艺术家，不少人成了他的知心好友，如英国小说家兼诗人罗伯特·史蒂文森（Robert Louis Stevenson，1850—1894）、旅欧美国画家约翰·萨金特（John Singer Sargent，1856—1925）、旅欧美国女小说家兼诗人康斯坦斯·伍尔森（Constance Fenimore Woolson，1840—1894）、英国诗人兼文学评论家埃德蒙·高斯（Sir Edmund Gosse，1849—1928）、法国漫画家兼作家乔治·杜·莫里哀（George du Maurier，1834—1896）、法国小说家兼文学评论家保罗·布尔热（Paul Bourget，1852—1935）等人，并与美国女作家伊迪丝·华顿（Edith Wharton，1862—1937）保持着长期的友谊，还发表了文学评论集《一组不完整的画像》（*Partial Portrait*，1888）。

一八八九年冬，詹姆斯开始着手翻译都德的著名三部曲《达拉斯贡的达达兰历险记》（*Les Aventures prodigieuses de Tartarin de Tarascon*，1872）中的第三部《达拉斯贡港》（*Port Tarascon*）①。这部译著于一八九〇年开始在《哈泼斯》连载，被英国《旁观者

---

① 这部小说主要描写达拉斯贡人被取消宗教团体所激怒，决定到澳大利亚去，建立一个以达拉斯贡命名的移民区，却遇到了一连串的困难和阻挠。小说中所塑造的主人公达达兰是一个虚荣心很强、爱好吹牛的庸人，是对无能而又好大喜功的法国社会风气的辛辣讽刺。

周刊》誉为"精品译作",并由桑普森出版公司于一八九一年在伦敦出版。十九世纪八十至九十年代末,詹姆斯曾数次跨过英吉利海峡,在法国、德国、奥地利、瑞士等欧洲国家搜集创作素材。一八八七年,他在意大利居住了很长一段时间。他的著名中篇小说《反射器》(*The Reverberator*, 1888)和《阿斯彭文稿》(*The Aspern Papers*, 1888)即写成于这一年。

除上述作品外,詹姆斯在这一时期发表的主要作品还有:短篇小说集《三城记》(*Tales of Three Cities*, 1884),中篇小说《大师的教诲》(*The Lesson of the Master*, 1888),短篇小说集《伦敦生活及其他故事》(*A London Life and Other Tales*, 1889),长篇小说《悲惨的缪斯》(*The Tragic Muse*, 1890),短篇小说《学生》(*The Pupil*, 1891),短篇小说集《活生生的东西及其他故事》(*The Real Thing and Other Tales*, 1893),短篇小说集《结局》(*Terminations*, 1895),短篇小说《地毯上的图案》(*The Figure in the Carpet*, 1896)、《尴尬》(*Embarrassment*, 1896),长篇小说《波英顿的珍藏品》(*The Spoils of Poynton*, 1897)、《梅芝知道的东西》(*What Maisie Knew*, 1897)等。尽管詹姆斯在这一时期仍遵循以左拉为代表的法国自然主义文学流派的表现手法,但他更关注社会和政治问题,作品的基调和主题思想更接近都德的小说。他的创作在这一时期的突出特点是:中短篇小说较多,而且在多方面、多维度进行实验,他认为这种叙事方法更适合于传达他的艺术观。但这些作品当时并没有得到评论界的好评,销路也不佳。于是,他开始尝试剧本创作。一八九〇年至一八九五年间，他一连写出了《盖伊·多米维尔》（*Guy Domville*）等七个剧本，上演了两部，但都不太成功。这使他从此对剧本写作心灰意冷。然而戏剧实践却为他后来的小说创作提供了戏剧表现手法、场景布设安排以及书写人物对话的技巧。

一八九七年至一九一四年，詹姆斯从伦敦搬迁至英国东南部萨塞克斯郡风景秀丽的海滨小镇莱伊（Rye），居住在他自己出资购置的古色古香的兰姆别墅①，在这里潜心创作，写出了他构思精巧、极具艺术张力的名篇《螺丝在拧紧》和中篇小说《在笼中》（*In the Cage*，1898）。一八九九年至一九〇一年间，他出版了长篇小说《左右为难的时代》（*The Awkward Age*，1899）、《圣泉》（*The Sacred Fount*，1901）和短篇小说集《软边》（*The Soft Side*，1900）。一九〇二年至一九〇四年间，他连续发表了三部具有开创意义的心理分析小说：《鸽翼》（*The Wings of the Dove*，1902）、《专使》（*The Ambassadors*，1903）和《金钵记》（*The Golden Bowl*，1904），以及若干中短篇小说，如《丛林猛兽》（*The Beast in the Jungle*，1903），短篇小说集《更好的一类》（*The Better Sort*，1903）等。

一九〇四年，詹姆斯应邀回到美国，在全美各高校讲授巴尔扎克等法国作家及其作品，并在《北美评论》《哈泼斯》《双周书评》等文学刊物发表了一系列文学评论和杂文。他的《美国景象》（*The American Scene*）于一九〇五年至一九〇六年陆续在

---

① 如今，这座别墅已归英国国家信托基金会管辖，成为英国"作家博物馆"。

《北美评论》等杂志连载了十章，并于一九〇七年结集成书出版。《美国景象》真实记录了他一九〇四年至一九〇五年在美国的观感，严厉抨击了他亲眼所见的处于世纪之交的美国狂热的物质至上主义、世风日下的伦理价值体系和名不副实的社会结构，以及种族和政治等问题，引发了广泛的批评和争议。他在这本书中所论及的美国移民政策、环境保护、经济发展、种族与地区冲突等热点话题，至今仍有可资借鉴的现实意义。一九〇六年至一九一〇年间，他的游记《意大利时光》(*Italian Hours*，1909)、长篇小说《呐喊》(*Outcry*，1910)以及若干中短篇小说也相继发表在《北美评论》等文学刊物上。此外，他还亲自编辑出版了"纽约版"二十四卷本《亨利·詹姆斯作品选集》。他为书中的几乎每一篇(部)作品都撰写了序言，追溯了每一部小说从酝酿到完成的过程，并对小说的写法进行了严肃的探讨。这些序言既是他的"审美回忆"，也是富有真知灼见的理论阐述。一九一〇年，他哥哥威廉·詹姆斯去世，他回国吊唁，但不久后再次返回英国。由于他在小说创作理论和实践上所取得的突出成就，哈佛大学于一九一一年授予了他荣誉学位，牛津大学于一九一二年授予了他荣誉文学博士称号。自一九一三年开始，他撰写了三部自传：《童年及其他》(*A Small Boy and Others*，1913)、《作为儿子和兄弟的札记》(*Notes of a Son and Brother*，1914)和《中年岁月》(*The Middle Years*，1917)①。

① 这部未完成自传与亨利·詹姆斯发表于 1893 年的短篇小说《中年岁月》同名，在他去世一年后出版。

一九一四年第一次世界大战爆发后，詹姆斯做了大量宣传鼓动工作支持这场战争。由于不满美国政府的中立态度，他于一九一五年愤然加入了英国国籍。一九一六年，英王乔治五世亲自授予他功绩勋章。由于过度劳累，健康每况愈下，数月后突发中风，后来又感染了肺炎，詹姆斯于一九一六年二月二十八日在伦敦切尔西区溘然长逝，享年七十三岁。按照他的遗嘱，他的骨灰被安葬在美国马萨诸塞州的剑桥公墓，墓碑上铭刻着"亨利·詹姆斯：小说家、英美两国公民、大西洋两岸整整一代人的诠释者"。一九七六年，英国政府在伦敦威斯敏斯特教堂的"诗人墓园"为他设立了一块纪念碑，以缅怀他的丰功伟绩。

三 屹立在欧美文学之巅的经典小说家

詹姆斯辛勤耕耘五十余载，发表了二十二部长篇小说、一百一十二篇中短篇小说、十二个剧本，以及多篇（部）文学评论和游记等作品。他的小说大多先行刊载在欧美重要文学刊物上，经他亲自修润后，再正式结集成书。他精通小说艺术，笔调幽默风趣，人物塑造独具匠心，心理描写精微细腻，作品中蕴含着深厚的历史理性和人文情怀，是欧美现代文学史上最伟大的小说家之一。我们精心选取翻译的这六部长篇小说、四部中篇小说和两辑短篇小说，是詹姆斯在他漫长、多产的文学生涯中不同时期所创作的最具代表性的优秀作品，希望我国读者对这位多才多艺的文学巨匠有更深入、更全面的认识和了解。

（一）长篇小说

《美国人》是詹姆斯第一部成功反映"国际题材"的长篇小说，描写英俊潇洒、襟怀坦荡、不善交际的美国富豪克里斯托弗·纽曼平生第一次游历巴黎时亲身经历的种种奇遇和变故。小说以纽曼对出身高贵、年轻漂亮的寡妇克莱尔·德·辛特雷夫人由一见钟情到热烈追求，到勉强订婚，直至幻想破灭、孑然一身返回美国的过程为主线，深刻揭示了封闭保守、尔虞我诈、人心险恶的欧洲与朝气蓬勃、乐观向上、勇于开拓创新的美国之间的差异和冲突。纽曼在亲眼见证了欧洲文明灿烂美好的一面和阴暗丑陋的一面之后，终于明白，欧洲并不是他所期望的理想之地。

《美国人》是一部融合了喜剧和言情剧元素的现实主义小说。作者以优美鲜活的笔调和起伏跌宕的情节将巴黎的生活图景和世相百态淋漓尽致地展露在读者眼前。故事虽然以恋爱和婚姻为主线，但作者并没有刻意渲染两情相悦的性爱这一主题。纽曼看中克莱尔，只是因为她端庄贤淑，非常适合做他这样事业有成的富豪的配偶。至于克莱尔与她第一任丈夫（比她年长很多）之间究竟发生过什么，读者并不知情，作者也未过多描写她对纽曼的恋情。小说中唯有见钱眼开的诺埃米小姐是性感迷人的女性，但作者对她的描写也较含蓄，且多为负面。即使按维多利亚时代的伦理准则来看，詹姆斯在性爱问题上如此矜持的态度也令人困惑不解。美国公共电视网一九九八年再次将《美国人》改编拍摄为电视剧时，在剧情中添加了纽曼与诺埃米、瓦伦汀与诺埃米的性爱场面。

　　詹姆斯创作这部小说的初衷原本是为了回应法国剧作家小仲马的《外乡人》①，旨在告诉读者：美国人虽然天真无知，但在道德情操方面远高于阴险奸诈的欧洲人。小说中所塑造的主人公纽曼是一位充满自信、勇于担当、三十岁出头的美国人，他的诚实品格和乐观精神代表着充满活力、蓬勃向上的美国形象，因而深受历代美国读者的青睐。纽曼与克莱尔的弟弟瓦伦汀·德·贝乐嘉之间的友谊描写得尤为真挚感人，作者对巴黎上流社会生活方式的描摹也栩栩如生，令人回味无穷。在当今语境下读来，《美国人》依然散发着清新的艺术魅力，比詹姆斯的后期作品更易接受。

　　《一位女士的画像》是詹姆斯早期创作中最具代表意义的经典之作，描写年轻漂亮、活泼开朗、充满幻想的美国姑娘伊莎贝尔如何面对一系列人生和命运的抉择，最终受骗上当，沦为老谋深算的奸宄之徒的牺牲品的悲情罗曼史。伊莎贝尔在父亲亡故后，被姨妈接到了伦敦，并继承了一大笔遗产。她先后拒绝了美国富豪卡斯帕·古德伍德和英国勋爵沃伯顿的求婚，却偏偏看中了侨居意大利的美国"艺术鉴赏家"吉尔伯特·奥斯蒙德，不顾亲友的告诫和反对，一意孤行地嫁给了他。但婚后不久，她便发现，丈夫竟然是个自私、贪财、好色、心胸狭窄的猥琐小人，"就像花丛中隐藏起来的毒蛇"，奥斯蒙德与她结婚只是为了得到她所继承的七万英镑的遗产。她继而又发现，他们这桩婚姻的牵

---

① 小仲马剧作《外乡人》(*L'Étrangère*，1876) 中所展现的美国人大多为缺少教养、粗野无礼、声名狼藉的莽汉。

线人梅尔夫人原来是奥斯蒙德的情妇，还生了一个女儿（潘茜），而且梅尔夫人和奥斯蒙德正在密谋策划利用伊莎贝尔把潘茜嫁给沃伯顿。伊莎贝尔阻止了他们的阴谋。她本可逃出陷阱，因为沃伯顿和古德伍德仍深爱着她，但她还是强忍内心的痛苦，对外人隐瞒了自己不幸的婚姻，毅然返回了罗马。

《一位女士的画像》展现的依然是詹姆斯历来所关注的欧美两地的文化差异和冲突，并深刻探究了自由、责任、爱恋、背叛等伦理问题。天真无邪、向往自由和高雅生活的伊莎贝尔尽管继承了一大笔遗产，却没能躲过工于心计的奥斯蒙德和梅尔夫人设下的圈套，最终失去了自由，"被碾碎在世俗的机器里"①。故事的结尾尤为引人深思：伊莎贝尔在得知真相后仍毅然返回罗马的举动，究竟是为了信守婚姻的诺言而做出的高尚的自我牺牲，还是为了兑现她对潘茜所作的承诺，要拯救她所疼爱的这个继女脱离苦海，然后再与奥斯蒙德离婚？这个悬念给读者留下了无限的思索空间。

在这部小说中，詹姆斯将心理分析推向了新的高度。他将大量笔墨倾注在人物的内心世界，着重描写人物的理想、愿望、思绪、动机、欲望和冲动，人物的行为则是这些思想和意识活动的结果和外化，人与人之间的关系和故事情节的发展变化也是通过这一中心人物的思维活动表现出来的。读者只有在伊莎贝尔彻底认清她丈夫的本质后，才对奥斯蒙德和梅尔夫人的真实面目有了

---

① 董衡巽：《美国文学简史》，北京：人民文学出版社，2003 年，第 141 页。

全面的了解，而伊莎贝尔也在层层递进的内省和反思中获得了对周围世界的感知，在心理和性格上逐渐走向了成熟。詹姆斯对人物内心世界的探索（尤其在第四十二章中）采用的是理性的内心独白，既没有突兀的变化，也没有时空倒错，不同于后来的意识流写法。此外，他善用精湛的比喻来描绘人物的心理，这些比喻十分贴切，具有艺术形象的完整性，而且与故事情节密切联系，优美流畅的语言和对欧洲风情的生动描写也使经受过詹姆斯冗长文体考验的读者格外喜爱这部小说。如果说詹姆斯是心理现实主义小说的创始人，那么《一位女士的画像》则是心理现实主义小说的典范。

《华盛顿广场》主要讲述的是憨厚、温柔的女儿凯瑟琳与她那才气横溢、感情冷漠的父亲斯洛珀医生之间的分歧和冲突。小说以第三人称全知叙事视角审视了凯瑟琳的一生。凯瑟琳是一个相貌平平、才智一般、纯洁可爱的姑娘，始终生活在与她最亲近的人的利己之心的团团包围之中：她的恋人莫里斯·汤森德只觊觎她的万贯家财；她的姑妈只会爱管闲事地乱点鸳鸯谱；她的守护神父亲则用讽刺挖苦和神机妙算来回报女儿对他的热爱和钦佩之情。故事以凯瑟琳出人意表地断然将莫里斯拒之门外而告终。

《华盛顿广场》是一部结构紧凑的悲喜剧。故事最辛辣的讽刺是英明干练、功成名就的斯洛珀医生对莫里斯的准确评判，以及他为保护涉世未深的爱女而阻挠这桩婚事所采取的严厉措施。倘若斯洛珀看不透莫里斯是个游手好闲的恶棍，他骗财骗色的行为未免会落于俗套。斯洛珀虽然头脑敏锐，智略非凡，但自从他那美丽聪慧的妻子去世后，他就变成了一个冷漠无情、清心寡欲的人。凯瑟琳终于渐渐成熟起来，能实事求是地看待自己的处境：从她自己的角度来看，在她的人生经历中，重要的事实是莫里斯·汤森德玩弄了她的爱情，还有她的父亲隔断了她爱情的源泉。没有什么能够改变这些事实，它们永远都在那儿，就像她的姓名、年龄和平淡无奇的容貌一样。没有什么能够消除错误或者治愈莫里斯给她造成的创伤，也没有什么能够使她重新找回年轻时代对父亲怀有的情感。她虽不及父亲那样出色，但她学会了擦亮眼睛看世界。

《华盛顿广场》张弛有度的叙事技巧、晓畅优雅的语言风格、对四个主要人物形象鲜明的刻画，历来深受读者喜爱，甚至连围绕着"遗嘱"而展开的老套、简单的故事情节都盎然有趣，耐人寻味。凯瑟琳由百依百顺成长为具有独立精神和智慧的女性的过程，是这部小说的一大亮点，赢得了评论家和读者的普遍赞誉。尽管詹姆斯自己对这部小说不太满意，没有将它编入"纽约版"《选集》，但它一直是詹姆斯最脍炙人口的佳作之一，曾多次被改编拍摄成舞台剧、电影和电视剧。

《鸽翼》描写的是一场畸形的三角恋爱。女主人公米莉·西雅尔是一位清纯美丽的美国姑娘，是庞大家族巨额财产的唯一继承人，因身患不治之症来欧洲求医和散心。英国记者默顿·丹什和凯特·克罗伊是一对郎才女貌、倾心相爱的英国情侣。因苦于没钱而不能成婚，凯特竟策划并唆使默顿去追求米莉，以图在她死后继承遗产。米莉在得知他们的阴谋后在意大利凄凉去世，但她在临终前还是原谅了他们，把全部财产给了默顿。事实上，默顿在米莉高尚品质的感化下已逐渐悔悟，虽然继承了米莉的遗产，却无法再与凯特共同生活下去。这部扣人心弦的小说揭示了人在面对爱情与金钱、真诚与背叛、生与死等伦理问题时所经受的严峻考验和他们最后的抉择。

《鸽翼》是詹姆斯后期作品中最受欢迎的经典之一。小说通过对人的内心世界深入细致的剖析，尤其是米莉对围绕在她身边的各色人物所具有的感化力，将男女主人公塑造得活灵活现、真实可感，令人不得不紧张地关注他们各自的命运和归属。米莉丰富细腻的心理活动，很像多愁善感的林黛玉，米莉客死他乡的场景与林黛玉魂归离恨天的情景也颇为相像，凯特也颇似工于心计的薛宝钗。据说连素来不太喜欢詹姆斯作品的英国名作家弗吉尼亚·伍尔夫也对这部小说十分青睐，一口气读完了《鸽翼》，并因此大病一场 ①。美国"现代文库"于一九九八年将《鸽翼》列为"二十世纪百部最佳英语小说"第二十六位。

《金钵记》是詹姆斯后期作品中最受评论界关注的"三部曲"之一。小说以伦敦为背景，描写一对美国父女与他们各自的欧洲配偶之间错乱的人伦关系，全面透彻地审视了婚姻、通奸等伦理问题。故事中这位腰缠万贯、中年丧偶的美国金融家和艺术品收藏家亚当·魏维尔和他的独生女玛吉都具有十分高尚的道德情操，而且心地纯洁，处事谨慎。他们在欧洲分别结婚后，却发现

---

① 刘海平、王守仁：《新编美国文学史》（第二卷），上海：上海外语教育出版社，2002年，第84页。

继母夏洛特和女婿阿梅里戈（破落的意大利王子）之间早就存在不正常的关系。父女两人不露痕迹地解决了这个矛盾：亚当把妻子带回美国；阿梅里戈发现自己的妻子具有这么多的美德，从此对她相敬如宾。小说高度戏剧化地再现了婚姻生活中令人难以承受的各种重压和冲突，颂扬了这对父女在自我牺牲中所表现出的哀婉动人的单纯和忠诚。

《金钵记》的篇名取自《圣经·旧约全书·传道书》第十二章：银链折断，**金罐**破裂，瓶子在泉水旁损坏，水轮在井口破烂，尘土仍归于地，灵仍归于赐灵的上帝。传道者说，虚空的虚空，凡事都是虚空。① 从广义上说，《金钵记》是一部教育小说：玛吉由幼稚纯真的少女逐渐成长为精明强干的女性，并以巧妙的手段解决了一场随时有可能爆发的婚姻危机，因为她已清醒地认识到自己不能再依赖父亲，而应承担起成年人应尽的职责；阿梅里戈虽然是一个见风使舵、道德败坏的欧洲破落贵族，但他由于玛吉忍辱负重地及时挽救了他们的婚姻而对妻子敬重有加；亚当尽管蒙在鼓里，但他对女儿的计策心领神会，表现得非常明智；夏洛特原为玛吉的闺蜜，是一个美丽迷人、自作聪明的女性，但她最终却不再泰然自若，反而变得利令智昏。詹姆斯对这四个人物特色鲜明的刻画，尤其对玛吉和阿梅里戈意识活动深刻、精湛的描述和分析，赋予了这部小说以强烈的艺术感染力和对幽闭恐怖症的特殊感受。故事中的许多场景和人物对话均显示出詹姆斯

---

① 《圣经·旧约全书·传道书》第 12 章第 6—8 节。

最成熟的叙事艺术，能给读者带来情感冲击力和美学享受。美国"现代文库"于一九九八年将《金钵记》列为"二十世纪百部最佳英语小说"第三十二位。

《专使》是一部颇有黑色幽默意味的喜剧，是詹姆斯后期重要代表作之一，描写主人公兰伯特·斯特雷特奉其未婚妻纽瑟姆夫人之命，前往巴黎去规劝她"误入歧途"的儿子查德回美国继承家业的过程。斯特雷特来到欧洲，完全被"旧世界"的文化魅力所打动，继而发现查德与其情人玛丽亚的交往并不像他母亲所说的那样有伤风化，查德在这位法国女人的影响下，已由粗鲁的少年成长为举止儒雅、文质彬彬的青年。这位"专使"非但没有劝说查德回国，反而谆谆嘱咐他"不要错过机会"，继续在法国"尽情地生活下去"。这与斯特雷特所肩负的使命和查德母亲的愿望恰恰相反，于是，她又增派了几个专使来到巴黎，其中一个是能够吸引查德的美少女，第二批专使似乎能完成这一使命。最后，斯特雷特只身返回了美国。

如果说《鸽翼》和《金钵记》颂扬的是美国人的单纯、真诚和慷慨大度，表现了美国人的道德情操远胜于欧洲人的世故奸诈，那么《专使》的主题则相反，表现的是具有深厚文化素养的欧洲人远胜于庸俗、急功近利、物质利益至上的美国人。詹姆斯在"纽约版"前言中称《专使》是他"从各方面讲都最完美的作品"，这不仅就主题思想而言。这部小说始终贯彻了詹姆斯著名的"视角"（Point of View）论，以斯特雷特的"视角"展开，以这位"专使"为"意识中心"，其他人物的性格特征和故事的发展进程都通过他的视野呈现出来，作者则隐身在幕后，读者的了解和感悟跟随着这个中心人物的了解和感悟。这种写法突破了传统小说的"全知叙事视角"，对二十世纪的小说创作产生了很大影响。《专使》也突出表现了詹姆斯的文体特色：句子结构形式多样，比喻和象征俯拾皆是，人物的对话富有戏剧意味，但詹姆斯在力求精细、准确地反映内心深处的思想感情的同时，文句也越写越冗长，附属的从句和插入的片语芜杂曲折，读者须细细品味，方可厘清来龙去脉，揣摩出蕴藏在字里行间的悬念和韵味。《专使》自出版以来，一直深受评论家的广泛关注。美国"现代文库"于一九九八年将这部小说列为"二十世纪百部最佳英语小说"第二十七位。

（二）中篇小说

《**黛西·米勒**》是詹姆斯的成名作，描写清纯漂亮、活泼可爱的美国姑娘黛西·米勒在欧洲游历、最终客死他乡的遭遇。黛西天真烂漫、热情开朗，然而她不拘礼节、落落大方地出入于社交场合和与男性交往的方式，却为欧洲上流社会和长期侨居欧洲的美国人所不能接受，认为她"艳俗""轻浮"，"天生是个俗物"。但故事的叙述者、爱慕黛西并准备向她求婚的旅欧美国青年温特伯恩却对"公众舆论"不以为然。黛西死后，温特伯恩参加了她的葬礼，并了解到黛西虽然与"不三不四"的意大利人来往，但她本质上是一个纯洁无瑕、心地善良的好姑娘。小说真实展现了欧洲风尚与美国习俗之间的矛盾冲突，鞭辟入里地揭露了任何传统文化中都司空见惯的种种偏见，并力图对所谓的品德教养做出公正的评判。

《黛西·米勒》既可视为对一个怀春少女的心理描写，又可视为对社会传统观念的深入分析，不谙世故的黛西其实就是"社会舆论"的牺牲品。小说将美国人的天真烂漫与欧洲人的老于世故进行了对比，以严肃的笔调审视了欧美两地的社会习俗。小说优美流畅的语言代表着詹姆斯早期的文体特色，男女主人公的名字也具有象征意义：黛西（Daisy）原意为"雏菊"，象征"漂亮姑娘"，故事中的黛西也宛如迎风绽放的鲜花，无拘无束，洋溢着青春的气息，而温特伯恩（Winterbourne）的原意是"间歇河，冬季多雨时节才有水流而夏季干涸的小溪"。鲜花到了冬季便香消陨灭，黛西后来果然在温特伯恩与焦瓦内利正面交锋之后不久在罗马死于恶性疟疾。詹姆斯虽然一生未婚，却很擅长写女性，对女主人公的形象和心理的描写非常娴熟。这部小说一出版便赢得了空前广泛的赞誉，成为后来各类小说选集的首选作品之一，并多次被改编拍摄为电影、广播剧、电视剧和音乐剧。

《伦敦围城》描写一位向往欧洲文明的美国佳丽试图通过婚姻跻身于英国上流社会的坎坷经历。故事的女主角南希·黑德韦是个野心勃勃、意志坚定、行事果敢的女子，尽管有过多次结婚、离婚的辛酸史，但她依然风姿绰约，性感迷人，是"得克萨斯州的大美人"。她竭力掩盖自己不堪回首的往事，施展各种手段向英国贵族阶层发起了一次次进攻，终于俘获了涉世未深的英国贵族青年亚瑟·德梅斯内的爱情。德梅斯内的母亲始终怀疑这个未来的儿媳是个"不正经的女人"，千方百计地想查清她的身世和来历。然而知道内幕的人只有南希的美国朋友利特尔莫尔，但他对此讳莫如深，没有泄露她不光彩的隐私。南希向来对人生的各种机缘持非常现实的态度，而且一旦认准目标就勇往直前。她深知亚瑟是她跻身欧洲上流社会的最后机会，便处心积虑地实施着她的既定计划。亚瑟终于正式与她订婚，两人即将走向婚姻的殿堂。

《伦敦围城》是詹姆斯早期作品中优秀的中篇小说之一。作者以幽默的笔调讽刺了英国上流社会的生活方式和浮华之风，展现了思想开放的美国人与封建保守的英国人之间的道德和文化冲突。故事画龙点睛的一大看点是：尽管利特尔莫尔自始至终都在维护南希的名声，对她的罗曼史一直守口如瓶，但他最终还是出人意料地向德梅斯内夫人透露了实情。他这样做只是想给傲慢、势利的英国贵族阶层一记具有爱国情怀的沉重打击，但他并没有明说，也非心怀歹意，他只是告诉德梅斯内夫人，即使她知道了真相，也于事无补。

《在笼中》是一篇构思奇崛的中篇小说，故事的女主人公是一个不具姓名的英国姑娘，在伦敦闹市区的一家邮政分局担任报务员。她的工作地点虽为"囚笼"般的发报室，但她常常可以从顾客交给她发报的措辞隐晦的电文中破译出他们不可告人的隐私，窥看到上流社会各种鲜为人知的风流韵事。久而久之，这位聪慧机敏、感情细腻、记忆力超强、想象力丰富的报务员终于发现了一些她本不该知道的秘密，并身不由己地"卷入"了别人的爱情风波。她最终同意嫁给她那个出身于平民阶层的未婚夫马奇先生，是她对自己亲身体验过的那些非同寻常的事件深刻反省的结果。

《在笼中》所塑造的这位女主人公堪称詹姆斯式的艺术家的翻版：她能从顾客简短含蓄的电文里捕捉到常人难以察觉的蛛丝马迹，从中推断出他们私生活的具体细节，并以此为线索，勾勒出一个个错综复杂、内容完整的故事，这与詹姆斯常根据他从现实生活中捕捉到的最幽微的启发和联想创作出鲜活有趣的小说的本领颇为相似。这篇故事的主题并不在表现阶级冲突，而在于女主人公终于认识到，上流社会的青年男女也都是活生生的人，并不像她在廉价小说中所看到的那么美好。作者通过对这位不具姓名的报务员细致入微、真实可感的描绘，准确传神地再现了一个劳动阶层女性的形象，并对她寄予了深厚的同情，赢得了读者和评论家们的普遍赞誉。《在笼中》的叙述手法与《螺丝在拧紧》有异曲同工之妙，但对女主人公的塑造更立足于现实生活。

《螺丝在拧紧》是一篇悬念迭起、令人毛骨悚然的哥特式小说。故事的主体是一个不知姓名的年轻家庭女教师生前遗留的手稿，由一个不具姓名的叙述者听朋友讲述这份手稿引入正题。这位家庭女教师在其手稿中记述了自己如何在一幢鬼影幢幢的乡村庄园与一对恶鬼周旋的恐怖经历。她受聘来到碧庐庄园照料迈尔斯和芙洛拉这两个小学童，却看到两个幽灵时常出没于这幢充满神秘气氛的古庄园。她怀疑这对幽灵就是奸情败露、已经死去的男仆昆特和前任家庭女教师杰塞尔的亡魂，意在腐蚀、毒害这两个天真无邪的孩童。随着怀疑的加深，她继而又发现两个幼童似乎与这对恶鬼有相互串通的迹象，她自己也撞见过这两个恶鬼，这使她越发相信，事情已经到了危急关头。但女童芙洛拉却矢口否认见过女鬼杰塞尔，而且显然已精神失常，只好被送往她在伦敦的叔叔家去。家庭女教师为了护佑男童迈尔斯在与男鬼昆特交锋时，却发现这孩子已经死在了她的怀里。

《螺丝在拧紧》是詹姆斯最著名的一部哥特式小说或志怪故事。在这部小说中，詹姆斯再次对他笔下女主人公的心理和意识活动进行了深入细腻的探究，家庭女教师所看到的鬼魂其实是她在意乱情迷之中所产生的一系列幻象，并试图把这些幻觉强加给她周围的人。詹姆斯素来对志怪小说情有独钟，但他并不喜欢传统文学作品中囿于俗套的鬼怪形象。他描写的鬼魂往往是对日常现实生活中奇异诡谲的现象的延伸，具有强大的艺术张力，能够使读者有身临其境之感，甚至能左右读者的心灵。在叙事手法上，詹姆斯突破传统写法，采用了一个"不可靠叙事者"，拉近了作者、作品和读者三者之间的距离，书中所留有的许多空白可让读者根据其自身的人生经历和阅读体验去填补，因而故事可以有不同的解释。这也是这部小说自出版以来一直备受各派评论家争议的原因之一。

（三）短篇小说

詹姆斯认为中短篇小说是一种"无比优美"的文学样式。能否把多元繁博的创作思想和内容纳入这种少而精的叙事类型，简约凝练地再现出人类千姿百态的生活场面和深藏若虚而又波澜壮阔的内心世界，无疑是对作家诗学功力的一种考量或挑战。詹姆斯在他漫长的文学生涯中一直都在孜孜以求地探索中短篇小说的写作技艺，他的艺术造诣和所取得的成就几乎达到了前无古人的高度，并对后来的作家产生了深远的影响。此外，他的中短篇小说往往也是对他的长篇小说的印证或补充，大都先行发表在欧美大型纯文学刊物上，再经他反复修润、编辑后，才汇集成册出版。

我们选译的这十八篇短篇小说均为詹姆斯在不同时期所创作的具有代表性的名篇佳作。就故事性而言，这些短篇小说有的以情节取胜，有的则以描写人物的心理和意识活动见长；在主题思想上，这些篇目有的歌颂圣洁的爱情和人性的美德，有的描写美国人与欧洲人在文化修养和价值取向上的巨大差异，有的讽刺和批判欧洲上流社会的世俗偏见和势利奸诈；有的揭示成人世界的罪恶对纯真烂漫的儿童产生的不良影响或摧残，有的反映作家或艺术家的孤独以及他们执着追求艺术真理的献身精神，有的刻画受过高等教育而富有情操的主人公在左右为难的困境中表现出的虚弱和无能为力，有的描写理想与现实、物质与精神之间难能取舍的困惑；在艺术表现手法上，这些作品有的洗练明快、雅驯幽默，有的笔锋犀利或刚柔并济，有的则细腻含蓄、用典玄奥、繁芜复杂，甚而有偏离语言规范之嫌。这些短篇小说与他的长篇小说交相辉映，体现了詹姆斯的创作题材和叙事风格的多样性、实验性和现代性，表现了他对社会生活和时代特征的整体性透视与评价，每一个具体场景的展现都确切灵动地反映了他对人的本性和生存环境的洞察力和他所寄予的关怀，能使读者获得启迪和美的享受。

四　亨利·詹姆斯批评接受史简述

毫无疑问，亨利·詹姆斯是欧美现代作家群体中写作生涯最长、著述最丰厚也最具影响力的一位文学巨匠。但长期以来，他的作品及其影响主要在受过良好教育、趣味高雅的读者和评论家范围内，不如马克·吐温那样雅俗共赏。学术界对他也各执其说，莫衷一是。

詹姆斯去世后，美国有些左翼批评家对他的创作活动颇有诟病，尤其不赞成他晚期作品中的思想倾向，认为他的小说是美国垄断资产阶级的精神产物，他的创作素材主要取自他所熟悉的上层社会，他的作品大多描写的是新兴的美国富豪及其子女在欧洲受熏陶的过程。美国传记作家兼文学批评家布鲁克斯在赞许詹姆斯的艺术成就的同时，也对他长期侨居欧洲、最终加入英国国籍的做法大为不满，认为他的后期作品佶屈聱牙、左支右绌，是由于他长期脱离美国本土所致 [1]。但美国文学评论家豪威尔斯则认为詹姆斯是"新现实主义文学流派的杰出代表……他在小说艺术上与狄更斯和萨克雷为代表的英国浪漫传统分道扬镳，创立了

---

[1]　Van Wyck Brooks: *The Pilgrimage of Henry James*, New York: E.P. Dutton & Company, 1925, p. vii.

他自己独具一格的样式"①。英国文学批评家利维斯极为赞赏詹姆斯的《一位女士的画像》和《波士顿人》，并称赞他是"举世公认、成就卓著的小说家"②。詹姆斯独特的语言风格，尤其是他后期繁缛隐晦、欲说还休的叙事话语，历来是评论家们众说纷纭的话题。例如，英国小说家 E.M. 福斯特就极不赞成詹姆斯在作品中对性爱和其他颇有争议的问题过于谨慎的处理方法，对他后期过分倚重长句和大量使用拉丁语派生词的做法也不以为然③。王尔德、伍尔夫、哈代、H.G. 威尔斯、毛姆等英国作家也都批评过他空泛而又细腻的心理描写和艰涩难懂的文风，甚至连他的红颜知己伊迪丝·华顿也认为他的作品中有不少片段令人不堪卒读④，但斯泰因、庞德、海明威、菲茨杰拉德等美国作家却对他称赞有加。美国文学评论家埃德蒙·威尔逊认为："倘若我们撇开题材和体裁的迥然不同，把詹姆斯同十七世纪的戏剧家们相比，我们就能更好地欣赏他的作品，他的文学观和表现形式与拉辛、莫里哀，甚至莎士比亚是相通的。"⑤英国小说家康拉德则盛赞他是"描写优美、富有良知的史学家"⑥。

英国当代著名语言学家利奇和肖特以詹姆斯的短篇小说《学

① Paul Lauter：*A Companion to American Literature and Culture*，MA：Wiley-Blackwell，2010，p.364.
② Frank Raymond Leavis：*The Great Tradition*，New York：New York University Press，1969，p.155.
③ E. M. Forster：*Aspects of the Novel*，London：Penguin Books，1980，pp.153—163.
④ Edith Wharton：*The Writing of Fiction*，New York：Scribner's，1998，pp.90—91.
⑤ Lewis Dabney，ed. *The Portable Edmund Wilson*，London：Penguin Books，1983，pp.128—129.
⑥ 《中国大百科全书·外国文学》第二卷，北京：中国大百科全书出版社，1982 年，第 1241 页。

生》为例，深入讨论了他的作品的思想性和文体艺术特色，发现
"詹姆斯更关注人的生存价值和相互关系……似乎更愿意使用非
常正式、从拉丁语派生出来的语汇……詹姆斯的句法是奇特的，
同时也是有意义的，需要联系作者对心理现实主义的关注加以评
估。作者试图捕捉'丰富、复杂的心理时刻及其伴随条件'……
詹姆斯对不定式从句的使用尤其引人瞩目……由于不定式从句的
所指往往不是事实，所以詹姆斯更多地用来编制心绪之网的，并
不是已知的事实，而是可能性和假设"①。他们对詹姆斯文体风格
的精湛分析同样也适用于评析他的其他作品。

　　事实上，自美国"第二次文艺复兴"，尤其是"新批评"流
派出现后，评论界已开始重新认识詹姆斯，给予了他很高的评
价，尊奉他为"作家中的作家"，是心理现实主义小说大师，是
过渡到现代主义文学的一座桥梁。就思想性而言，詹姆斯在创作
中的价值取向始终是颂扬人的善良与宽容，始终把优美而淳厚的
道德品质和自由精神置于物质利益甚至文化教养之上。从艺术创
作角度说，他一反当时盛行的粉饰和美化生活的浪漫小说，把人
性的优劣和善恶作为对比，探索人的心理活动的复杂性。他的作
品反映了具有深厚文化教养的知识分子的人文主义倾向，而不是
人们所熟悉的对劳苦大众的人道主义同情。他的语言风格与他所
要表现的内容、与他本人的思想境界和审美取向也是一致的，他

---

① Geoffrey N. Leech and Michael H. Short：《小说文体论：英语小说的语言学入门》(*Style in Fiction：A Linguistic Introduction to English Fictional Prose*)，北京：外语教学与研究出版社，2001 年，第 97—111 页。

力求以这种方式精微、准确、恰如其分地揭示和反映人的心灵深处最真实的思想和情感。如今，人们对这位文学大师的研究兴趣仍在与日俱增。

五　继往开来的一代宗师

亨利·詹姆斯的创作上承欧美现实主义、自然主义和超验主义，下启欧美现代主义，是现代文学史上继往开来的一代宗师。他不仅精通小说艺术，而且致力于小说艺术的革新。他创造性地拓展了传统小说的表现形式，使小说叙事实现了由"物理境"（Physical Situation）向"心理场"（Psychological Field）的转入，成功开辟了小说创作的新天地，同时也在现代小说的叙事方法和语言风格上烙上了他独特的印记。他破解了旅欧美国人的神话，并以工细的笔触将这种神话具象化地再现在他众多的"国际小说"中。他通过对人的内心世界和意识活动的深湛分析和描摹，为读者创造了一个心理现实与客观现实交互映射的艺术世界。

詹姆斯不仅是一位卓越的小说家和语言艺术家，也是一位富有真知灼见的文学批评家。他强调文学创作要坚持真善美的统一。他主张作家在表现他们对历史和现实的看法时应当享有最大限度的自由。他认为小说文本首先必须贴近现实，真实再现读者能够心领神会的生活内容。在他看来，优秀的小说不仅应当展现（而不是讲述）动态的社会风貌和生活场景，更重要的是，应当鲜活有趣、引人入胜，能使读者获得具有美学意义的阅读快感。他倡导作家应当运用艺术化的语言去挖掘人的心理和道德本性中最深层的东西。他认为一部作品的优劣与否，完全取决于作者的优劣与否。他在《论小说的艺术》等一系列专论中提出的很多富有创造性的观点丰富和发展了欧美文学创作和文学批评，具有重要的理论意义和深远影响。他率先提出并运用在自己的创作实践中的"意识中心"论、"叙事视角"、"全知视角"、"不可靠叙事者"等文学批评术语，已成为当代叙事学的组成部分。我们在当今文化语境下重读詹姆斯的作品，更能深切体味到这位文学大师的创作观、人文情怀、审美取向、伦理精神，以及他独特的语言艺术的魅力，并能从中参悟人生，鉴往知来。

2019 年 2 月 15 日

翻译底本说明

中篇小说《伦敦围城》于一八八三年一至二月间以连载形式首次发表于美国《世纪杂志》(*Century Magazine*)，同年被美国出版商詹姆斯·R.奥斯古德（James R. Osgood）收入小说选集《〈伦敦围城〉〈波列帕斯养老金〉和〈观点〉》在波士顿出版。与此几乎同时，本小说被英国麦克米伦出版公司（Macmillan）收入小说选集《〈伦敦围城〉〈德莫福夫人〉》在伦敦出版。亨利·詹姆斯这一时期长居伦敦，得以亲自指导和监督了当时其大部分作品英国版的编辑、出版过程，因而较之美国版，其作品的英国版往往更能如实反映詹姆斯的最新修订。基于上述考虑，"美国文库"版亨利·詹姆斯全集在收录本小说时采用了英国版。本译本系从"美国文库"版译出。

第一章

　　法兰西剧院①庄严的帷幕已经落下，有两个美国人随着人流，趁着第一幕结束的间隙离开闷热的剧院到外面透了透气。但他们回来得很早，剧院里还没几个人，于是他俩就环视着剧院消磨时间。剧院不久前刚刚把陈年蛛网都清扫了，而且还添置了一些经典戏剧的壁画作为装饰。时处九月，法兰西剧院的观众寥寥无几，再加上今天上演的是奥日埃②的《女冒险家③》，这出戏没什么新意，观众更是屈指可数。许多包厢都空着，有人的包厢坐的也净像些土气不堪或颠沛流离之辈。包厢离舞台很远，而这两位看客就落座于舞台前，但哪怕离得再远，鲁珀特·沃特维尔也能看出些蛛丝马迹。他喜欢观察细微之处，而且来到剧院，他就喜欢摆弄他那个小巧玲珑的高倍望远镜，东瞅瞅西看看。他知道这么做非君子所为，用这么个东西无礼地偷瞄一位女士和用双管手枪瞄准她们一样，都为人所不齿。但他总是好奇心旺盛，也确信此时此刻看这么一出陈年老戏，无论如何也不会有人认出他来。于是，他就背对舞台站起身，手持望远镜，对着各个包厢巡

---

① 法兰西剧院（Comédie Française），又译法兰西喜剧院，是法国最古老的国家剧院，1680 年 10 月 21 日由路易十四下令建造。
② 埃米尔·奥日埃（Emile Augier, 1820—1889），19 世纪法国诗人、剧作家，法国风俗喜剧的代表人物，其作品包括《女冒险家》《普瓦里埃先生的女婿》《奥林布的婚姻》等。
③ 楷体字部分原文为法语，下同。

视打量起来。他跟前的另外几个人也在做着同样的事情，但他们更加泰然自若。

"一个俏佳人都没有啊。"他打量一番后跟他的朋友利特尔莫尔说道，但利特尔莫尔一声也没吭。他正坐在自己的座位上，百无聊赖地盯着舞台上的新幕布。他绝少纵情于这种视觉探究，因为他已经在巴黎待得够久了，早已见多不怪，所以不太在意这些东西。他觉得法国首都平淡无奇，早已不再是以前那个令他惊叹不已的地方了。但沃特维尔还经常瞠目结舌，时不时会突然惊呼起来。"天啊！"他大叫道，"快看，快看啊。终于发现了一个，"他顿了一下，仔细打量着说，"算是有点姿色的！"

"有点什么姿色？"利特尔莫尔漫不经心地问道。

"很特别，很难形容。"利特尔莫尔根本就没在听沃特维尔说什么，但知道他在跟自己说话。"我说，我真心希望你能帮我个忙啊。"沃特维尔继续说道。

"来陪你看戏就已经够意思了，"利特尔莫尔说，"这里热得要命，而且戏演得索然无味，跟女佣烧的饭没什么两样，演员也都是些二流货色。"

"又不是让你帮什么大忙，你就看一眼告诉我她是不是个正经女人就行了。"沃特维尔回答道，丝毫不关心他朋友语气里透出的冷嘲热讽。

利特尔莫尔头也不回地哼了一声，说道："你总是想知道她们是不是正经女人，这到底有什么用？"

"我之前就看走过眼——现在可是没有半点信心啊。"可怜的沃特维尔说道。对他来说，欧洲文明还挺新鲜，但在过去的半年里他的确也碰到了一些未知的问题。他只要碰上个美女，后者就必定如埃米尔·奥日埃剧作中的女主角一样水性杨花；只要有个看上眼的，就极有可能是某位伯爵夫人。伯爵夫人都浅薄无知，其他女人都孤僻高傲。而利特尔莫尔却能一眼识人，而且从来不会看走眼。

"就看她们两眼，大概没什么大不了的吧。"沃特维尔率性地说道，以此回应他同伴颇为愤世嫉俗的回答。

"不管正经不正经，反正你都会盯着看个没完，"利特尔莫尔还是一动不动地继续说道，"我要是真告诉你她们水性杨花，你更会看得目不转睛。"

"你要是觉得这位女士也不值得一看，那我就再也不看了。我说的是从过道数第三个包厢里的那位，一袭白衣，手持红花。"沃特维尔边说边缓缓起身，站到利特尔莫尔身旁。"那个小伙子正在往前靠，就是因为他我才拿捏不准。给你，用望远镜看一眼吧。"

利特尔莫尔心不在焉地打量了一下那个小伙子，接着说道："不用了，我眼神还可以。那个年轻人很不错。"

"的确如此，但他比她年轻好几岁呢。等她转过头来，你一看就知道了。"

很快她就转过头来朝着他们，显然她之前一直在和包厢门口的引座员聊着什么。她皮肤白皙，楚楚动人，喜笑颜开，眉梢上圈圈黑发十分秀气，耳坠上的大钻石也熠熠生辉，整个法兰西剧院的人都能看见。利特尔莫尔看了她一眼，然后突然大喊道："把望远镜给我！"

当他拿着那个小望远镜张望时，沃特维尔问道："你认识她吗？"

利特尔莫尔未置可否，他只是静静地看了看，然后把望远镜还给了沃特维尔。"不认识，她可不是什么正经女人。"说完他就一屁股又坐下了。因为沃特维尔还站在那儿，所以他又说道："坐下吧，我觉得她看见我了。"

"难道你不想让她看见你？"沃特维尔坐下的时候询问道。

利特尔莫尔犹豫了一下说道："我是不想坏了她看戏的兴致。"这时，幕间休息已经结束，舞台上的大幕再次升起。

沃特维尔一直希望他们两个一起看场戏，但是利特尔莫尔对什么事都提不起兴致，觉得与其辜负良宵美景去看戏，还不如闲坐在位置极佳的格兰德咖啡馆门口抽根烟。鲁珀特·沃特维尔也觉得第二幕戏太过沉重，还不如第一幕，他心里便开始琢磨他朋友是否愿意待到戏演完。当然他这个想法也是一闪而过，考虑到利特尔莫尔事事无为的个性，他既然已经来了，也就不会轻易离开。沃特维尔又在想，对于包厢里的那位女士他朋友还了解些什么呢。他瞄了利特尔莫尔一两眼，发现他心思也不在戏里，在想别的事，在想那个女人。当大幕再次落下，他还是坐在自己的位子上，和之前幕间休息结束后情形一样。别人都侧着身子从他跟前蹭着他伸出的长腿挪过去。四下无人后，利特尔莫尔说："我感觉我还想再看她一眼。"说话的语气就跟沃特维尔对那个"她"

了如指掌一般。沃特维尔知道自己无意再盯着那个女人看，但是很显然有很多事他并不知情，他觉得谨慎一点并无坏处。于是，他便暂且没问什么，只是说道："好呀，望远镜给你看吧。"

本性温厚的利特尔莫尔同情地瞥了他一眼。"我说的不是用那个烦人的玩意儿盯着她看，我是说就像以前那样，真真切切地看着她。"

"你以前怎么看她的？"沃特维尔直截了当地问道，刚才的谨慎早已被他抛到九霄云外。

"在圣迭戈①，广场后面。"

听到这句话后，沃特维尔一脸茫然地盯着利特尔莫尔，后者便继续说道："走，到外面透透气，我和你多聊几句。"

他们走过低矮狭窄的门（这门和大剧院的身份一点儿都不配，像给兔子窝准备的），从正厅前座来到门厅。利特尔莫尔走在前面，他胸无城府的朋友紧随其后。正因如此，利特尔莫尔朝让两人都颇感兴趣的那个包厢抬头一瞥的动作也被沃特维尔看在了眼里。而那个女人离开的背影也非常值得玩味：显然，她正要跟着朋友离开包厢，却没穿斗篷，所以他们还没打算离开剧院。利特尔莫尔想呼吸点儿新鲜空气，但没到街上去。当来到通往大厅的冷清楼梯上时，他便一只手挽着沃特维尔，默默地开始往上走。他不喜欢运动，但沃特维尔觉得至少他现在已经动起来了——他想去找那位被他简单地以"她"相称的女士。年轻的沃

---

① 圣迭戈（San Diego），美国加利福尼亚州的一个城市。

特维尔什么都没问，跟着他一起闲逛着走进门厅。乌东 ① 有名的雕塑作品《伏尔泰》就矗立其中，参观者目瞪口呆地凝视着它，倒映在镜中栩栩如生的伏尔泰让他们相形见绌。沃特维尔知道伏尔泰才华横溢，他读过他的《老实人》，这尊雕塑他之前已经欣赏过几次。门厅里并不拥挤，地板锃亮，人们三三两两地聚在一起，还有一些人站在阳台上，而他们脚下便是巴黎皇家宫殿 ② 的广场。窗子敞开着，巴黎绚烂的灯光把这个枯燥的夏夜点缀得熠熠生辉。街上似乎传来窸窸窣窣的低语声，不疾不徐的马蹄声和四轮马车蜿蜒驶过坚硬柏油路的隆隆声也飘入大厅。有一男一女正背对着沃特维尔和利特尔莫尔站在伏尔泰雕像前，那位女士一袭白衣，就连帽子也是白色的。利特尔莫尔和那里的许多人一样，觉得这个场景显然极具巴黎特色，但此时此刻，他却莫名其妙地笑了一声。

"在这里见到她我觉得有点滑稽！上次碰到她还是在新墨西哥。"

"在哪儿？新墨西哥？"

"在圣迭戈。"

"噢，在广场后面。"沃特维尔说道，把利特尔莫尔前后说的话都串了起来。他并未意识到圣迭戈并不在新墨西哥州。为了不久前刚刚到手的伦敦外交副手一职，他一直在研究欧洲地理，自

---

① 让-安托万·乌东（Jean-Antoine Houdon，1741—1828），法国新古典主义雕塑家，以雕刻启蒙运动时期的哲学家、发明者和政治人物的肖像闻名。
② 巴黎皇家宫殿（Palais Royal），最初被称为卡迪纳尔宫（Palais-Cardinal），坐落于巴黎第一区卢浮宫北侧，曾经是 18 世纪初巴黎上流社会重要的交际场所。

己国家的地理反而被他抛到九霄云外了。

他们说话的声音并不大，两人离那位白衣女士也挺远，但她好像听到了他们在聊什么似的突然转过身来。沃特维尔和她四目相对，她的眼神告诉他假如她真的听到了他们的聊天内容，那也不是因为他们说话声音太大的缘故，而是因为她听觉太敏锐。她并不认识沃特维尔，然后她瞥了乔治·利特尔莫尔一眼，似乎也不认识后者。但不一会儿，她的眼睛里开始闪现出认出他来的神色，她的脸上增添了些许光彩，原本凝固的笑容也绽放开来。此时她已完全转过身来，带着突兀的友善站在那里，嘴唇微张，傲然伸出的一只手上戴着长可及肘的长袖手套。而近看起来，她更是国色天香。"哦，真没想到！"她惊叹道。她说话声音太大，大厅里所有人都听得清清楚楚。沃特维尔很是惊讶，他完全不曾想到她是个美国人。她的同伴在她说话的时候也转过身来，这是个活力四射的瘦削年轻人，身着晚礼服，双手插在裤兜里。沃特维尔料想他肯定不是美国人。作为一位清秀快活的年轻人，此刻他的神色未免太过凝重。他的身高与沃特维尔和利特尔莫尔相当，却仅仅眯着眼趾高气扬地瞥了他们一下，便转回身对着伏尔泰雕像，似乎他早有预感，他陪伴左右的这位女士肯定会认出些他不认识也并不在乎的人。而这一点似乎也多少印证了利特尔莫尔对这位女士的看法——她不是什么正派人物，至少，这个年轻人的无礼在一定程度上印证了这一点。"你究竟是从哪里冒出来的？"她问道。

"我已经在这儿有段时间了。"利特尔莫尔边说边颇为沉着地走上前跟她握了一下手。随后他微微一笑，目不转睛地盯着她的双眼，但神色比她严肃，仿佛她有点危险；他的举止就像一个生性谨慎的人在接近一只色泽光亮、体态优美但偶尔会咬人的动物一样。

"你是说在巴黎吗？"

"不是，飘忽不定，基本上是在欧洲。"

"噢，奇怪，我竟然没碰到过你。"

"碰到得晚点总比碰不到好！"利特尔莫尔说道。他的笑容有点僵硬了。

"嗯，你看起来还不错。"那位女士继续说道。

"你也不错啊，非常妩媚动人，其实你一直都是这样。"利特尔莫尔笑着答道，但显然希望应对得更加从容一点。四目相对片刻之后，他觉得她仪容庄重，比自己在剧院堂座上决定要来会一会她时预计的似乎更胜一筹。说话间，陪在她身边的那个年轻人已经观赏完伏尔泰雕像转回身来，一副无精打采的模样，对利特尔莫尔和沃特维尔看也不看一眼。

"我想介绍你认识一下我的朋友，"那位女士接着说，"亚瑟·德梅斯内爵士①，这位是利特尔莫尔先生。利特尔莫尔先生，这位是亚瑟·德梅斯内爵士。亚瑟·德梅斯内爵士是英国人，利

① 此处原文为"Sir Arthur Demesne"。英国的爵位制度历史悠久，除王室以外，贵族爵位分为五等：公爵（Duke）、侯爵（Marquis 或 Marquess）、伯爵（Earl）、子爵（Viscount）和男爵（Baron）。另外还有两种封号：准男爵（Baronet）与骑士（Knight），它们不属于贵族爵位，不世袭，其中准男爵亦可被称为爵士（Sir），此处即是一例。因此后文有时也径直称亚瑟·德梅斯内为准男爵（the Baronet）。

特尔莫尔先生是我的同乡和老朋友。我们已经几年没见面了。到底几年没见了？还是别管几年了！我都怀疑他以前是不是真的认识我。"她继续对着利特尔莫尔说："我的变化还是挺大的。"这些话说得清晰欢快，再加上她语调舒缓，听起来就更加真切。被介绍的两个人，看在她介绍的分上默默地对视了一下，那位英国人似乎还有点脸红。看得出，他特别在意她。

"我的很多朋友都还没介绍给你认识呢。"她说道。

"噢，没事的。"亚瑟·德梅斯内爵士说。

"哎呀，见到你感觉怪怪的！"她依然看着利特尔莫尔，并大声说道，"看得出来，你也变了。"

"我的变化会让你觉得索然无味。"

"我很想了解一下。你怎么不介绍一下你这位朋友？看得出他很想认识我！"

利特尔莫尔照办了，但他的介绍简单到不能再简单，就是瞥了鲁珀特·沃特维尔一眼，低声提了一下他的名字。

"你都没跟他说我叫什么，希望你没忘记我的名字！"这位女士大声说道，而此时沃特维尔正式地跟她打了个招呼。

利特尔莫尔瞥了她一眼，眼神比之前更为犀利，似乎在说："啊，忘记你的名字？不知道你说的是哪个名字？"

对这个无言的问题，她边伸手待握（和刚才跟利特尔莫尔握手如出一辙）边答道："沃特维尔先生，很高兴认识你。我是黑德韦太太——你可能听说过我。要是你在美国待过，就肯定听说过。在纽约的话可能听说的不多，西部城市的话肯定没问题。你是美国人吗？哎呀，那我们就算是同胞了，当然亚瑟·德梅斯内爵士除外。我来给你介绍亚瑟爵士。亚瑟·德梅斯内爵士，这位是沃特维尔先生，沃特维尔先生，这位是亚瑟·德梅斯内爵士，他是下议院议员，多么年轻有为啊！"还没等别人搭话，她就撸着宽松长袖手套上的手镯突然问道："好啦，利特尔莫尔先生，你在想什么呢？"

他正在想他肯定是真的忘了她姓甚名谁，因为她说的那个名字他毫无印象。但是他肯定不能实话实说。

"我在想圣迭戈。"

"想我妹妹家，广场后面？哎，算了吧，那个地方太恐怖了。我妹妹都已经离开那儿了。我觉得那里都空无一人了吧。"

亚瑟·德梅斯内爵士掏出手表看了一下，对他们的叙旧一副不屑一顾的样子，他神情泰然自若，但又有点腼腆。他说了些时间到了、该回座位了之类的话，但黑德韦太太对此不理不睬。沃特维尔希望她能多待会儿，他觉得看着她就像在端详一幅迷人的画作。她头发短而精致，如波浪起伏，乌黑浓密，实为少见；面如白花盛开，转头侧身，外形如纯美的宝石浮雕。

"你知道吧，这里是法国第一家剧院，"她对沃特维尔说道，她这么聊天似乎是想活跃一下气氛，"而这个雕像就是伏尔泰，那个著名作家。"

"我对法兰西剧院情有独钟。"沃特维尔微笑着回答道。

"这个剧院糟糕透顶，我们刚刚一句台词都没听到。"亚瑟爵士说。

"啊？的确，在包厢里确实会这样！"沃特维尔低声说。

"这出戏让我也大跌眼镜，"黑德韦太太接着说道，"但我想看看那个女主角结局会怎样。"

"多尼亚·科罗林德？我觉得他们会枪杀她；在法国戏里，女性角色一般都会被枪杀。"

"这会让我想到圣迭戈！"黑德韦太太大声说道。

"啊，圣迭戈的女人过去都舞刀弄枪的。"

"你好像逃过一劫嘛！"黑德韦太太狡黠地应答道。

"的确如此，但我也遍体鳞伤。"

她转身对着乌东的雕塑继续说道："好吧，这个伏尔泰雕像的确不同凡响，设计精美。"

"你大概正在读伏尔泰的书吧。"利特尔莫尔提示道。

"没读啊，但是书倒是买了几本。"

"伏尔泰的书淑女不宜。"那位年轻的英国人一边严肃地说着，一边伸出胳膊，想让黑德韦太太挽着他的胳膊离开。

"啊？你应该在我买之前告诉我的！"她沮丧至极地大声说道。

"你也不会一下子就买个几百本吧。"

"怎么可能买几百本？我就买了两本。"

"读个一两本应该不会对你有什么不良影响！"利特尔莫尔微笑着说。

她责备的眼神飞快地扫向他。"我明白你的意思——你是说我已经道德败坏了！好吧，即便这样，你还是一定要来见见我。"就在她和她的英国同伴转身离开的时候，她把自己下榻酒店的名字抛给了他。沃特维尔饶有兴致地注视着那个英国人；在伦敦他就听闻其人，觉得小说《名利场》①里依稀有他的身影。

尽管利特尔莫尔嘴上说着时间到了，该回座位上去了，其实不然，他和朋友来到了门厅的阳台上。"黑德韦——黑德韦？她怎么会叫这个名字？"利特尔莫尔俯视着薄暮中的喧嚣问道。

"我觉得是她丈夫的姓氏啊。"沃特维尔说道。

"她丈夫的姓氏？哪一个丈夫？她上一任丈夫姓贝克啊。"

"她到底有多少任丈夫？"沃特维尔问道，他迫不及待地想了解这位黑德韦太太是怎么个不正派法。

"我压根也不清楚。但想弄明白应该也不难，我相信她的前夫们都依然健在。我之前认识她的时候她还叫贝克太太——南希·贝克。"

"南希·贝克！"沃特维尔错愕不已。他正在想着她那罗马艳后一般曼妙的身姿。她的身世肯定不简单。

利特尔莫尔解释了一两句，然后他们就回到自己的座位上了；利特尔莫尔承认自己对于她的现状如何也是一无所知。关于她的记忆都停留在他生活在西部的那些日子里，他上一次见到她是六年之前的事了。那时候，他对她了如指掌，熟知她混迹的地方。她的交际圈主要在西南部，而所谓的交际除了纯粹的社交聚

---

① 《名利场》(*Vanity Fair*)，19世纪英国批判现实主义作家萨克雷创作的长篇小说，小说以两个年轻女子的一生为主线，展示了19世纪初英国上层社会的生活画面。

会外，并无其他特别之处。她应该是嫁给了一个叫费拉德尔甫斯·贝克的人，他是民主党报纸《达科他前哨》的编辑。但利特尔莫尔从未与之谋面——这对夫妇分居而住；也正是在圣迭戈的时候，他觉得这对贝克夫妇的婚姻行将不保。他现在想起来自己后来听说过她当时正在离婚。她在法庭上很有说服力，几次离婚都毫不费力，之前和一个人离过一两次，名字他已经记不清了，而且传说在此之前，她还离过婚。她已经多次离婚了。在加利福尼亚与她初次见面时，她自称格伦维尔夫人，他觉得这不是她婚后夫家的名号，而是一段不幸婚姻结束后，她重拾回来的娘家姓。她所经历的永远都是不幸的婚姻，已经嫁过六七次了。她妩媚迷人，特别符合新墨西哥人的审美观，但是她离婚太频繁，跟她有过瓜葛的男人肯定更多，这令她深陷信任危机。

在圣迭戈的时候，南希住在她妹妹（她也离过婚）家里，她妹夫靠一把六发左轮手枪"经营"一家银行，在当地颇有"威望"。在她单身的那段时间里，妹夫没有亏待过她，没让她想过家。当时她还很年轻，现在肯定已经三十七八岁了。利特尔莫尔说她不正派指的就是这些事。发生在她身上的那些事哪件在先哪件在后，在旁人看来颇为混乱，至少有一次她妹妹曾告诉他，有一年冬天连她自己都不知道南希身嫁何人。她崇拜新闻业，主要钟情男编辑。她的那些前夫肯定都绝非善类，因为她的和蔼可亲可是一目了然。无论她做了什么肯定是出于不得已，这一点众所周知。总而言之，她经历过很多事，但都已过去了，这才是最重要的！她集如花美貌、温和性情和聪明伶俐于一身，很是讨人喜欢。她是真真正正的狂野西部①的产物——太平洋②之花，无知冒失、缺乏教养，却又英勇锐气、率性智慧，还有点随心所欲的高品位。她过去常说她唯一想要的就是一个机会——很显然她已经抓住了一个。曾几何时，他觉得如果失去她自己也会生无可恋。他自己开办牧场，距其最近的一个城市就是圣迭戈，他常骑马去看她。有时，他会在那儿待上一星期，每天晚上都去见她。天气热得要命，他们就坐在广场后面。她总是那么迷人，穿着也讲究，就像刚刚见到她时的那个样子。在着装方面，给她一小时的工夫，那变化简直翻天覆地一般，就像把一个尘土飞扬的老城区变成塞纳河畔的摩登城市。

"有些西部女子真是美艳动人，"利特尔莫尔说道，"就像她一样，她们只想得到一个好机会。"

他没爱过她——他们之间的关系不能称之为爱。当然，情愫可能存在过，但现实是，情已不在了。显然，嫁给黑德韦是嫁给贝克之后的事，这中间她还可能嫁过别人。她的社交圈并不太大，只在当地有些名气（其他编辑——那些她没嫁过的——在报纸上称她为"那位优雅的才女贝克太太"）。不过，实际上，在西部那种广袤的地域文化中，"当地"也不是个小区域。当时她对东部一无所知，而且他坚信她都没见识过纽约的真面目。六年间，可能发生了很多事，但毫无疑问的是，她现在"飞黄腾达"

---

① 狂野西部（Wild West），指美国西部从落基山脉以西到太平洋沿岸的地区。
② 太平洋沿岸各州（Pacific slope），指内华达山脉及马德雷山脉以西的美国各州，此处译文简称为太平洋。

了。各式各样的东西正从西部源源不断地输送而来（利特尔莫尔说话的语气就像自己是个纽约人一样），这其中当然也包括出彩的女人。这位有名的得克萨斯州佳丽则似乎对纽约不屑一顾；即便在那时，她会想到或者谈论的便已经是巴黎了，尽管她当时对后者还缺乏了解。在新墨西哥的时候她就是这样的状态。她野心勃勃，能未卜先知，相信自己命中注定会碰到更美好的东西。早在圣迭戈的时候，她就已经预见到自己未来的真命天子——年轻的亚瑟爵士。她有时也会交往一些其他英国人，其中有些也并不是什么准男爵或者下议院议员——跟和那些编辑交往不一样，她跟他们来往仅仅是为了换换口味而已。利特尔莫尔很好奇对现在这个到手的猎物她意欲何为；如果这个猎物还能感受快乐，她肯定正在让他心花怒放，但他表现得却不明显。她看上去光彩照人，她的丈夫黑德韦很可能已经发财，而其前任们就无此建树了，但她并不贪财——利特尔莫尔确信她不是这种人。

利特尔莫尔语气幽默，回忆往事时略带一丝忧郁，但在回座位的途中，他突然笑出声来。

"谈什么雕塑造型和伏尔泰的作品！"想到她刚才说到的两三样东西，他大声道，"听她那么牵强地聊天真是滑稽透顶，因为在新墨西哥的时候她对造型可是一窍不通的。"

"我觉得她不是个做作的人啊。"沃特维尔回应道，觉得有种隐隐的冲动想去更谨慎地审视她。

"哦，的确，不过就像她自己所说的那样，她的变化还是挺大的。"

他们坐下的时候戏还没开始，他们两人便都对着黑德韦夫人的包厢扫了一眼。她靠在椅子上，缓缓地扇着扇子，很明显正在注视着利特尔莫尔，好像她一直在等着看他回来一样。亚瑟·德梅斯内爵士高高的硬衣领包着圆滚滚的粉下巴，他郁郁寡欢地坐在她身边，看起来两个人都沉默不语。

"你确定她能让他开心？"沃特维尔问道。

"当然——这些男人表现开心的方式就是这样。"

"但是，在别的地方她也是那样跟他独处吗？她丈夫又在哪里？"

"我觉得她已经跟她丈夫离婚了。"

"那她想嫁给那个准男爵吗？"沃特维尔问道，好像他朋友无所不知一样。

暂时看来，利特尔莫尔似乎知天知地，他自己也觉得这挺有意思的。"我猜他是想娶她。"

"然后呢？像其他人一样再被她甩了，跟她离婚？"

"当然不会，这次她是梦想成真了。"利特尔莫尔说道。而此时，剧院的大幕也正在升起。

一直忍了三天，他才去她说过的莫里斯酒店拜访她。我们也正好借此机会对利特尔莫尔的事多说几句。乔治·利特尔莫尔生活在遥远的西部实乃权宜之计——因其年少挥霍无度囊中羞涩，才去那儿以图东山再起的。最初的几次尝试都徒劳无功，时光荏苒，这个年轻人也没赚到什么钱，虽然他本应可以从他父亲那里学到赚钱的本领。老利特尔莫尔先生主要经营茶叶进口生意，因为能给儿子留下丰厚家底，他对这门生意一直心怀感激。但利特尔莫尔的生意经营颇为不善，从父亲那里继承的家产都已散尽，而他的生意才能却迟迟没有显露——他做的正经生意都一无所成，抽烟、驯马的本事倒是登峰造极。他被送到哈佛大学深造，但偶然会到康涅狄格河谷一个美丽的村庄里待一阵，这本身也说明他更需要被约束而不是受刺激。乡村生活让他离群索居，使他那些愚蠢的野心破灭，在某种意义上这反而挽救了他。而立之年，利特尔莫尔仍无立身之技，极为平庸。而他能摆脱平庸纯属运气。为了帮一个急需用钱的朋友，他用打牌赢的钱买了对方的一点银矿股份，卖方也异乎寻常地坦率，承认银矿即将被采空。利特尔莫尔察看了一下银矿，明白的确如此，但大约两年后，这个说法却被推翻了。银矿的另一个股东又突然在那儿发现了宝贝银子。这位先生深信银矿里有银子是天经地义，后来果然在矿井深处发现了这种闪闪发光的贵金属。这一发现令利特尔莫尔欣慰不已，他也慢慢开始有了钱。这笔钱在不好的年景一度让他入不敷出，而且像他这样胡花乱用的人或许根本不应该有这笔钱。

他认识现在这位下榻在莫里斯酒店的女士的时候，觉得自己还不够成功。但现在早已不可同日而语了，他占矿井的股份份额最大，而且银矿一反常态，产量很高，这也让他有实力买下其他产业，譬如蒙大拿州的牧场，比那个干燥的圣迭戈牧场要强百倍。牧场和矿井的收入让他更有安全感，他知道自己无须焦虑地惦记生活来源（对于这种性情的人来说，这样的负担会让他感觉一团糟），这让他更加从容不迫。当然，这种从容在之前也历经考验，下面仅举一例，也是主要的一件事。大概在三年前，仅结婚一年，他妻子就过世了。邂逅并追求她的时候，他已四十多岁而姑娘年仅二十三岁。为了婚后能生活幸福，两个人什么都考虑过了，唯独没想到她会这么快就去世。她去世后把年幼的女儿留给了他，后者现在被托付给他唯一的妹妹照料——她是一位英国乡绅的妻子，汉普郡 ① 一处枯燥单调乡间大宅第的女主人。多尔芬先生有一次来美国，打算考察一下这里的风土人情，其间却被利特尔莫尔的妹妹，也就是后来的多尔芬太太征服了。而他考察时最欣赏的就是大城市的漂亮女孩，一两年之后，他就回到纽约娶了利特尔莫尔小姐，而她不像哥哥那样挥霍自己继承的财产。她结婚多年的嫂子借着她结婚的机会来到欧洲，却在女儿出生后一周就病逝在伦敦，尽管她生前曾自以为是地觉得伦敦的医生医术高明。利特尔莫尔暂时放弃了抚养女儿的责任，却依然待在令其伤心失望的乡下，离寄养女儿的汉普郡不远。他颇能吸引别人的眼球，由于头发和胡子已经变白，就更加引人注目。他个子高，身体壮，身材好，但举止差，外表能干实则懒散，虽享有如约翰·吉尔平 ② 一般的信誉和声名，却对其既无意识又无兴趣。他眼神既犀利又温和，笑容朦胧迟缓却又极为真诚。如今的他最主要的事就是无所事事，无所事事到近乎艺术和完美。鲁珀特·沃特维尔比利特尔莫尔小十岁，对后者无欲无求的本领艳羡

---

① 汉普郡（Hampshire），英国英格兰东南部郡。
② 约翰·吉尔平（John Gilpin），18世纪英国诗人威廉·柯珀创作的幽默诗《约翰·吉尔平趣事》中的主人公，是一位住在伦敦的富裕布商，诗中说他是"一个有信誉和声名的市民"。

不已。他自己壮志在胸又焦虑不安——二者只具其一，再多也无妨，但兼备却能让人梦魇深重；这使他只能干等灵感降临。他觉得无欲无求就是一大建树，希望自己某天也能心随所愿，因为无欲则立，万物都唾手可得。利特尔莫尔能一整晚都坐在那里，抽抽雪茄，心不在焉地瞅瞅手指甲，除此之外不动不语。因为都知道他是个好人而且事业有成，大家也没觉得这种枯燥的举止有什么愚蠢或阴郁的地方。似乎记忆和过去的生活给他留下了许多需要思考的东西。沃特维尔觉得如果他能好好把握这几年，保持敏锐的目光，增加阅历，等到四十五岁左右的时候，他或许也能够闲下来，什么事情也不做，只是瞅着自己的手指头玩就行了。他觉得这种深思冥想（当然不是一丝不苟而是象征性的思考）是世故练达的标志。他还觉得如果国务院不忘恩负义的话，他的外交生涯应该能顺利开启。美国驻伦敦公使馆处理人事的秘书有两位，他资历较浅，目前正在休年假。外交人员就要神秘莫测，但他无论如何也不会把利特尔莫尔整个当成自己的榜样（伦敦的外交圈里比他好的人选还有很多），尽管有天晚上他的确觉得后者有点高深莫测：那天在巴黎，当被问及想做什么的时候，利特尔莫尔答道他就想一直坐在马德琳大道上的格兰德咖啡馆门前（他对咖啡馆情有独钟），不停地喝着小杯清咖。利特尔莫尔极少光顾剧院，而这次来法兰西剧院也是应沃特维尔的一再请求。他前几天刚看过小仲马①的《半上流社会》，还听别人说《女冒险家》

---

① 小仲马（Alexandre Dumas fils, 1824—1895），法国剧作家、小说家，《茶花女》的作者。《半上流社会》是他创作于 1855 年的戏剧。

主题和它一样，只是处理手法不同而已，说的都是不择手段的女人意图嫁入豪门但终受惩罚的故事。利特尔莫尔觉得这两部戏的女主角都命该如此，但是顾及剧中正派角色的颜面，他希望惩罚可以稍微轻一点。利特尔莫尔和沃特维尔虽不是至交但也算好友，而且经常一起厮混。事实上，利特尔莫尔很庆幸自己去看了这场戏，因为他对黑德韦太太——南希·贝克的这个新身份——颇有兴趣。

第二章

　　他不急着去拜访她其实是有意为之。他这么做的理由有很多，但都是些鸡毛蒜皮的事，不值一提。他去的时候，黑德韦太太正好在家，看见她客厅里的亚瑟·德梅斯内爵士时，利特尔莫尔也没觉得奇怪。空气里弥漫着的某种东西似乎在诉说着这位绅士已经在这儿待了很久了。尽管如此，利特尔莫尔觉得哪怕自己来了，他极有可能还是不会走。他肯定已经从女主人那里知道了利特尔莫尔是她熟识的老朋友。他当然有权去了解，似乎也是这么做的，而且他越是有权了解，放弃的话也就越显得大度。当利特尔莫尔心里想着这些的时候，亚瑟·德梅斯内爵士正坐在那里看着他，没有一点要走的意思。黑德韦太太极具亲和力，举手投足间似乎已与你相识百年。她极力地嗔怪利特尔莫尔没早点来看她，但这仅仅是她亲和力强的一种表现罢了。白天，她的容貌看上去没那么光彩照人，但神色熠熠生辉。她住在酒店最好的房间里，给人一种十分富足、成功的感觉；她的下人就坐在外面的前厅里。看得出她很明白该如何生活。她想把亚瑟爵士拉过来和他们一起聊天，但是，尽管这个年轻人坐在原地没有要离开的意思，却不愿意掺和进来。他只是默默地微笑着，但显然很不自在。正因如此，两个人只能聊点鸡毛蒜皮的小事——而黑德韦太太跟朋友谈话向来不可能这么浅显。那位英国人带着一种奇怪、反感的表情看着他，而一开始利特尔莫尔在心里偷着乐，觉得他是在嫉妒自己。

"亲爱的亚瑟爵士，我希望你还是先走一步吧。"黑德韦太太过了一刻钟之后说道。

亚瑟爵士于是便站起来取了帽子准备离开。"我还以为你想让我留在这儿呢。"

"留下保护我吗？难道利特尔莫尔先生会对我图谋不轨？我认识他的时间已经够长了——我知道他能坏到什么地步。"她迷人地微笑着看了这位正在离去的客人一眼，然后颇为意外地说道，"我想和他聊聊我的过去！"

"我也正好想听听呢。"亚瑟爵士此时正开门要走呢。

"我们要聊美国的事，你不懂的！"这位准男爵出门的时候宣称，无论如何他晚上都会再回来。随后她解释说："他说话都是英国风格，所以才让他走的。"但这个解释很牵强。

"他不知道你的过去吗？"利特尔莫尔问道，尽量让自己的问题听起来不太唐突。

"哦，他知道的，我什么都跟他讲过了，但是他不明白。英国人很怪，我都觉得他们傻傻的。他从没听说过一个女人会……"说到这里，黑德韦太太停顿了一下，而利特尔莫尔却笑了。她继续说道："有什么好笑的？无所谓了，这个世界上英国人没听说过的事情多了去了。但是，我对他们很有好感，至少我挺喜欢他的。他彬彬有礼，很绅士，你明白我的意思吗？就是有一点，他有点黏人，而且有点无趣，所以见见你换换口味，我特别高兴。"

"你的意思是我不绅士?"利特尔莫尔问道。

"对啊,你的确不是;在新墨西哥的时候,你曾经是位绅士。在我眼里你是那个时候唯一的绅士——而且我希望你依然如此。这也是那天晚上我跟你打招呼的原因;你知道,我当时也可以不理睬你的。"

"只要你愿意,你现在也可以啊。还不晚。"

"哎呀,我不想那样。我想让你帮我一把。"

"帮你什么?"

黑德韦太太盯着门口看了一会儿说:"你觉得他还在外面吗?"

"那个年轻人?你那位可怜的英国绅士吗?"

"不,我说的是马克斯,我的下人。"黑德韦太太颇为威严地说道。

"我真不知道,如果你愿意我就去看一下。"

"不用了,要是那样的话,我就得给他安排点差事才行,我根本就不知道究竟让他干点什么好。他一坐就几个小时,在那儿干等着,而我的生活很简单,也给他派不了什么差事。我也想不出什么事情让他去做。"

"这就是高尚的代价。"利特尔莫尔说。

"千真万确,我是很高尚,但总的来说,我喜欢这样。我就是怕他听到我说话,我说起话来嗓门很高,这也是我正在努力克服的另一个缺点。"

"你为什么想要改变自己?"

"噢，因为一切都今非昔比了。"黑德韦太太轻叹了一口气回答道，"你听说过我丈夫去世的事吗？"她突然继续问道。

"你说的是那位······谁来着？"利特尔莫尔停顿了一下，但她似乎没理会其中的意味。

"我说的是黑德韦先生。"她义正词严地说道，"自从你上次见过我之后，我的生活出现了许多变故：婚姻，生死，苦恼，应有尽有。"

"在此之前，你还结过好几次婚啊。"利特尔莫尔颇为冒昧地说道。

她柔和明亮的目光落在他身上，随后她脸不红心不跳地说："没几次啊——没几次！"

"没有别人以为的那么多。"

"没有传闻中那么多，我都忘了上次见你的时候我有没有结婚。"

"你上次的婚姻也是传闻之一，"利特尔莫尔说道，"但我从没见过贝克先生。"。

"没见过又没什么好可惜的，他就是个不折不扣的混蛋！我这辈子确实稀里糊涂地做过一些事，别人不理解也不奇怪。但是，这些都已经过去了！你确定马克斯听不见我们说的话吗？"她急忙问。

"不确定。但是如果你怀疑他会从门缝偷听，我可以把他打发走。"

"我觉得他不会那么做，因为我经常一下子冲到门外去。"

"那他就听不到。我都不知道你有这么多秘密。上次分别的时候，黑德韦先生还是没影的事呢。"

"嗯，如今他都是过去时了。他还是挺讨人喜欢的——我知道自己为什么嫁给他。但他婚后一年就去世了，他有心脏神经痛，他留下的遗产可以让我过得很富足。"这些事她娓娓道来，似乎他们同病相怜一样。

"知道你生活富足我就放心了，你以前的那些嗜好可都是很烧钱的。"

"我有的是钱。黑德韦先生在丹佛有地产，升值极多。"黑德韦太太说，"他去世后，我在纽约住过，但是我不喜欢纽约。"利特尔莫尔的女主人说最后这句话的语气就像在诉说一个跟自己毫不相关的社会事件，非常淡然。"我打算住在欧洲——我喜欢欧洲。"她宣称，她这句话倒是有点预测未来的意味，而别的话则像回顾过去。

利特尔莫尔觉得这一切令人难以置信，而且觉得黑德韦太太很好玩。"你是在和那个年轻人结伴旅行吗？"他问道，话里的冷淡让人觉得他只是在尽情消遣她而已。

黑德韦太太把身体靠向椅背，两臂交叉说道："我说，利特尔莫尔先生，我现在脾气还很好，和之前在美国的时候差不多，但是我现在懂的比以前多多了。我当然不是和那个年轻人一起游玩。他只是个普通朋友。"

"他不是你的情人？"利特尔莫尔甚是冷酷地问道。

"难道人们只能和情人一起旅行吗？我不是让你来取笑我

的——我想让你帮我。"她略带孩子气的诚恳请求似乎打动了利特尔莫尔——她认可他的智慧。"和你说吧，我特别中意古老的欧洲，再也不想回美国了。但是我想或多或少地去体会一下人生。我觉得这适合我——哪怕只见识一点也好。利特尔莫尔先生，"她沉默了一会儿接着说，"我或许过于坦率，因为这一点儿也不丢人。我想进入上流社会，这就是我想要得到的！"

利特尔莫尔坐到椅子上，知道自己总归会拉她一把，却试图先卖卖关子。他用稍显滑稽却近乎支持的语调重复道："进入上流社会？在我看来你已经在里面了啊，多少准男爵都是你的仰慕者。"

"我正好想了解一下！"她急切地说道，"准男爵够不够好？"

"他们自我感觉不错，但是我不大了解。"

"难道你自己不是身处上流社会吗？"

"我？无稽之谈！你怎么会有这种想法？我觉得上流社会就是过眼云烟。"

黑德韦太太的脸上刹那间露出极度绝望的神色，利特尔莫尔也留意到了。听说他拥有金矿和牧场，而且知道他正住在欧洲，她之前以为他在上流社会混得风生水起。但是，她立马就定下神来。"我一点都不信。你清楚自己是个有身份的人——远离上流社会，你自己都做不到。"

"我可能是个绅士，但是全然没有绅士的习惯。"利特尔莫尔犹豫了一下，又补充道，"我在大西南生活惯了。"

黑德韦太太的脸唰地一下红了，她立刻明白了他这话的含义——甚至理解得比他想表达的意思还要深刻。她希望利用他，所以虽然很想跟他的恶言恶语针锋相对，她知道还是表现得宽宏大量一点为好。然而，一点点挖苦也无伤大雅。"那又无所谓的——绅士永远都是绅士。"

"女士永远都是女士，绅士却不一定。"利特尔莫尔笑着说。

"说到女士，通过你妹妹的关系，你不太可能对欧洲上流社会一无所知啊。"黑德韦太太说道。

一提到他妹妹，虽然她已经说得非常委婉，而这一点利特尔莫尔也觉察到了，他还是差点发作出来。他本想说："我妹妹跟你有什么关系？"谈到妹妹他就很不快，她想法怪异，假如黑德韦太太想要"高攀"她，她自己也会说这是绝不可能的事。但是他岔开了话题，问了个毫不相关的问题："你所谓的欧洲上流社会指什么？我想谈都没法谈，这个说法太模糊了。"

"好吧，我说的是英国上流社会，就是你妹妹身处的那个社交圈，我就是这个意思。"黑德韦太太说道，她倒是时刻准备着直截了当说个明明白白。"我说的是去年五月在伦敦见识的上流人士——剧院公园里见到的那些人，女王会客室里的座上宾。在伦敦的时候我住在皮卡迪利街街边的酒店里，从房间可以俯瞰圣詹姆斯街，我成天坐在窗边观察乘马车的那些人。我自己也有辆马车，窗户边上看倦了，我就坐车到处逛逛。我见过形形色色的人，但是一个也不认识——没有人给我引荐。那会儿我还不认识亚瑟爵士——几个月前在霍姆贝格 ① 我们刚相识。然后他就跟着

———————————————
① 霍姆贝格（Homburg），德国城市。

我来了巴黎——成了我的座上宾。"最后的这句话，她说得宁静而平淡，毫无虚荣的感觉，好像过去常常有人尾随其后似的，又像是在霍姆贝格遇到的绅士都会追着她不放一样。她用同样的口吻继续说道："在伦敦我也吸引了不少人的关注——这一点我一眼就看得出来。"

"你走到哪儿都是这样。"利特尔莫尔说道，说完这话，他自己都觉得有点过于轻描淡写。

"我不想这么引人瞩目，我觉得太俗气。"黑德韦太太答道，话语中透着柔柔的甜美，好像有种第一次听到别人这么说的快乐。显然，对于一些新的说法她也能欣然接受。

"在剧院的那天晚上所有人都在看你，"利特尔莫尔继续说，"别人怎么可能不关注你呢？"

"我不想被人忽视啊——别人总是盯着我看个没完，我想将来也会这样。但是被关注有很多种，我知道自己想要哪一种。我也一定要如愿以偿！"黑德韦太太大声说道。她的确明白自己想要得到什么。

利特尔莫尔坐在那里，有那么一会儿与她相对无语。他心里五味杂陈，而且其他地方、别的时光的那些记忆正不知不觉袭上他的心头。这些年他们彼此了解很少——他所熟悉的她还停留在那个特定的大西南地区。他曾对她一往情深，当然在他们住的那个镇上要说讨一个人欢心很难也纯属无稽之谈。但是他对她一往情深的感觉莫名其妙地跟西南部的环境紧密相连，他对南希·贝克的喜爱就限定在了当年的那个广场后面。而在这里她以新的形象示人——她似乎渴望被重新定义。利特尔莫尔心想这样太麻烦，他已经将其定格在过去，现在无法接受一个不一样的她。他心里问自己她会不会变得令人讨厌。很难想象黑德韦太太会招人烦，但是如果她铁石心肠非要与之前判若两人，那么她也许会令人生厌。她开口谈论欧洲上流社会、他妹妹和那些俗事的时候，他很是忧虑。利特尔莫尔为人非常不错，对公平正义的热爱超过一般人，但是他性格中也有些许懒散、多疑，甚至无情，这使得他渴望保持他们之前交往的那种自然与朴素。他不愿再目睹一个女人不可思议地平步青云，他也不再相信女性会一步登天。他相信她们不会走下坡路，这是完全有可能的，也符合他的心意；但是让不同的群体、种类和价值之间的界限保持清晰，这对社会而言是件大好事。他不相信跨越鸿沟、融合不同群体这类事情。一般说来，他不敢断定什么对上流社会有好处——在他看来上流社会已经危机重重了，但是在这一点上他却是旗帜鲜明。南希·贝克挤破头想进入上流社会，对这一可笑之事单纯旁观的话会很有意思，但除了坐视之外她还期望他能搭把手，这就有点讨厌了。他不想太强硬苛刻，但最好还是让她知道他也不是那么好哄骗的。

"哦，无论想得到什么，你总归会如愿以偿的，"对她的上一句话他这样回答道，"你想要的都已经拥有了啊。"

"噢，这次我想要个新东西。你妹妹住在伦敦吗？"

"亲爱的女士啊，你对我妹妹了解多少？"利特尔莫尔问道，"她是无法入你法眼的。"

黑德韦太太沉默了一会儿，然后突然很大声却又近乎怡然地说："你不尊重我！"如我所言，如果利特尔莫尔希望保持他们之前交往的那种朴素和自然，显然她也愿意去迎合他。

"啊，我说贝克太太呀——！"他大声说，有点抗议的意思，还一不小心叫了她之前的名字。在圣迭戈的时候，他从没想过自己是不是尊重她，他从没想过这个问题。

"这就是证据——用那个可恶的名字称呼我！你难道不相信我现在结婚了吗？我的婚姻一直都很不幸。"她忧郁地说道。

"你说这些傻事的时候气氛就特别尴尬。我妹妹几乎一年到头都住在乡下，她头脑简单，很无趣，或许还有点目光短浅。而你非常聪明，活力四射，眼界宽广。我这才觉得你不会喜欢我妹妹。"

"你这么贬低自己妹妹应该觉得羞耻才对！"黑德韦太太大声道，"你曾经告诉过我——在圣迭戈的时候——在你认识的女人中你妹妹人最好。这件事我记得清清楚楚，你想起来了吗？你还告诉我她和我年龄相当。如果不把我介绍给你妹妹，你也会良心不安！"利特尔莫尔的女主人冷冷地大笑起来。"我一点都不担心她的无趣。无趣就是与众不同。我自己有时候就容易活泼过了头。"

"你确实这样，活蹦乱跳的！但是想认识我妹妹易如反掌。"利特尔莫尔说，但他心知肚明他所说的有悖事实。然后，为了岔开这个微妙的话题，他突然问道："你会嫁给亚瑟爵士吗？"

"难道你不觉得我结婚次数已经够多了吗？"

"有点，但这是个新起点，情况会不一样。嫁给一个英国人——这是一种全新的感觉。"

"如果我嫁人，应该会嫁给一个欧洲人。"黑德韦太太平静地说道。

"天赐良机啊，欧洲人都在娶美国女孩呢。"

"我现在要嫁的男人，一定要足够优秀。我有很多的遗憾要弥补！我想打听的就是亚瑟爵士是否出类拔萃，但是待了这么久你都没告诉我。"

"我真的无话可说——我从没听说过这个人。难道他自己没告诉你吗？"

"他什么都不说，十分谦虚。他不吹嘘，也不自夸自大。我就喜欢他这一点，我觉得这才是真正的大方得体。我喜欢的就是高情远致！"黑德韦太太大声说道。"但是都待了这么久了，"她又说道，"你都没答应要帮我。"

"怎么帮你？我是个小人物，没权没势的。"

"你不作梗就算帮我了。我要你答应我不会从中作梗。"她神采奕奕的眼睛直勾勾地盯着他，似乎能直穿他心底。

"我的老天爷啊，我怎么会阻挠你呢？"

"我不确定你是否能办到，但是你会跃跃欲试。"

"我又懒又蠢，所以不会。"利特尔莫尔开玩笑地说道。

"你说得对。"她回答道，一边思考一边依然注视着他。"我觉得你愚不可及，又太过善良。"她更加亲切地补充说道。当她这样说一个人的时候，她的魅力根本无法抗拒。

他们又聊了一刻钟，然后她终于——之前她似乎顾虑重重——跟他谈起他的婚姻和他妻子的离世，她提及这些事的时候比谈其他事情时更加得体（他这么觉得）。"你要是有个女儿的话，你会很幸福的。我就想要个女儿。哎呀，我会让她成为一位窈窕淑女！不要跟我这样——是另外一种风格！"当他起身告别的时候，她和他说她还要在巴黎多待几周，一定要常来看她，而且一定要带沃特维尔先生一起来。

"你那位英国朋友不会喜欢我们经常来访的。"正要推门离开的时候，利特尔莫尔停下来站在那里说道。

"我不明白这跟他有什么关系。"她目不转睛地盯着他回答说。

"我也不明白。只有一个解释，他肯定爱上你了。"

"即便这样他也无权干涉。哎呀，要是所有爱过我的男人都别这么烦人该多好呀！"

"如果这么说的话，你当然会觉得日子过得一塌糊涂！虽然可以随心所欲，你却过得很烦躁。但是那位年轻的英国人一有人来就会露出一副垂头丧气、百无聊赖的样子，他对你的脉脉温情应该足以让他有权利坐在这儿陪你。不过这也挺讨人烦的。"

"他一让人烦，我就撵他走。这一点你应该相信我可以做得到。"

"哎呀，这其实也无所谓。"利特尔莫尔说。他想起了和黑德韦太太独处对他来说是多么麻烦的一件事。

她陪着他走到前厅。碰巧替她跑腿的马克斯不在外面，她磨磨蹭蹭地似乎还有话说。

"正好相反，他想让你来，"她过了会儿说，"他想好好审视我的朋友。"

"为什么要审视？"

"他希望弄清楚我的一些情况，他觉得我的朋友们能给他透露点什么。哪天他也许会直接问你：'她究竟是怎样的一个女人？'"

"他还没弄清楚你的情况吗？"

"他并不了解我，他从没见过我这种类型的人。"黑德韦太太一边看着自己的裙摆一边说。

"肯定闻所未闻！"

"所以我跟你说他会跟你打听的。"

"我会告诉他你是整个欧洲最迷人的女人。"

"千万别这么说！而且，这一点他本来就知道。他想了解我做人是不是正派。"

"他可真够多事的！"利特尔莫尔笑着大声说。

她脸色稍显苍白，好像一直在观察他的嘴巴会说些什么。"请务必告诉他。"她微笑着说，脸色还没有恢复正常。

"告诉他你作风正派？我会说你令人崇拜！"

利特尔莫尔走后，黑德韦太太又站在那里多待了一会儿。"哎，你可真是没什么用！"她嘀咕道。然后她猛地转过身，拽着自己的拖地长裙回到了客厅。

第三章

在离开酒店的时候，利特尔莫尔自言自语道："她倒是信心十足！"在跟沃特维尔聊到她的时候，他还是在重复着这句话，然后他又说："她想事事能遂心，但她永远都不会如愿；她下手太晚了，永远都只会是个二流角色。好在她犯了错也会浑然不知，所以错了也不要紧！"他又接着断言在许多方面她始终会无可救药，她不懂深思熟虑，也不会谨言慎行，她会突兀地跟你说"你不尊重我！"，好像这是一个女人该说的话似的！

"这要看她想表达什么意思。"沃特维尔喜欢把来龙去脉弄明白。

"她越是想表达这个意思就越应该少说！"利特尔莫尔断言道。

但他还是再次去了莫里斯酒店，而且第二次他是带着沃特维尔一起去的。沃特维尔这位参赞朋友以前从未接触过这种颇有争议的女士，准备去一探究竟。他害怕她会危及自己，但总的来说他并不担心。他现在钟爱的对象是自己的国家，或者说他至少专注于国务院，还不想让别的东西来分散自己的这份忠贞。而且，对于魅力女子他有自己理想的标准——非常低调，不能像这个光芒四射、喜气欢快、吵吵嚷嚷又喋喋不休的美国女人。他喜欢的女人要从容自若，喜欢清静独处——她会时不时对你爱答不理。黑德韦太太不拘礼节，乐于交友，待人亲昵，不是对人苦苦哀求就是厉声指责，要么就要求别人解释保证，还会说这说那让人回答。这样做的时候她都会笑容满面，表现出各种优雅姿态，但是她如此这般还是难免令人疲惫不堪。她确确实实魅力四射，费尽心思去讨人欢心，而且精美的衣物和小饰品也琳琅满目，但是她太迫不及待而且心机太重，别人不可能像她这么迫不及待。如果她希望进入上流社会，那些单身访客就不该去她下榻的酒店跟她见面，因为她的客厅之所以诱人前往，就是因为没有正常社交场合的羁绊。毫无疑问她有多重性格，而且还对此心满意足。利特尔莫尔对沃特维尔说她攀龙附凤的想法其实很傻，她应该对自己卑微到尘埃的地位一清二楚。她好像会让他微微不悦，即使她抓耳挠腮地企图提升自我修养的行为（她已是一位很棒的批评家，会信口开河地评论书籍、绘画和戏剧），在他看来都是一种含含糊糊的乞求，而乞求同情当然会令他这样的男人恼怒，他不愿费神改变以前的看法，因为这些看法早已在他温柔的记忆中被神化了。然而，很明显她也有迷人之处，那就是，她完全不按常理出牌。即使沃特维尔都不得不承认他脑海中安安静静的理想女人也要有少许让人料想不到的地方。当然，出人意料有两种，只有惊喜能令人愉快，但黑德韦太太却两者皆可。她会突然心花怒放，莫名惊呼，好奇尚异，这跟一个在诸物俱新却多丑陋不堪的国家长大，之后勉强了解了点高雅习惯跟乐趣、喜欢上艺术和惬意生活的人如出一辙。她来自乡下——这一点一眼就看得出，不需要多少眼力。但是她各种想法都能理

解，事事也能心领神会，这些都表现出她十足的巴黎风范。假如
把有没有巴黎风范当作成功与否的标准的话，她也算成绩斐然
了。"只要给我时间，有用的东西我都能学会。"她对利特尔莫尔
说。但目睹着她的进步，利特尔莫尔既钦佩又悲伤。她说自己如
同一个可怜兮兮、无足轻重的野蛮人，正在竭尽所能多学一点
点知识的碎片，谈到这儿她就喜不自胜，而且从她那精致的脸
庞、完美的礼服和出色的礼节可以看得出，她学习的效果可圈
可点。

　　她给人的惊喜之一就是利特尔莫尔第一次来访之后，她再也
没跟他提起多尔芬太太的事。他可能真的平白无故误会她了，但
此前见面的时候，他还是或多或少预计她会再提起他的妹妹。"如
果她不去烦艾格尼丝就太好了，其他事就由着她吧。"他如释重
负地对沃特维尔说道，"我妹妹肯定瞧不上她，非得跟她实话实
说确实挺尴尬的。"她期待他能帮她，这从她打量他的眼神里就
能感受得到。但目前来看，她还没明确提出来。她虽闭口不提，
但是依然在耐心等待着，而她的耐心本身就有责备的意味。必须
承认的是，在社交方面她的人选寥寥无几，亚瑟·德梅斯内爵士
和她的两位同胞是她仅有的访客，她的这两位同胞应该也能发现
这一点。她可能也有别的朋友，但她心气很高，如果交不到上流
社会的朋友就宁缺毋滥。很明显，她有点沾沾自喜，因为别人觉
得她高不可攀，而不是被人疏远。在巴黎的美国人也有很多，但
是这些人她一个也没结交。高贵的人不会来拜访她，其他的人
她也没理由去巴结。希望接触什么人，躲开什么人，她一清二

楚。利特尔莫尔每天都觉得她会问自己为何不带一些朋友来，他自己早就想好怎么回答了。这个答复相当蹩脚，就是那个俗套的说辞：他不希望和别人分享她。她肯定会反驳说他"言不可信"，事实上他的确不可信，但日复一日，她从未责问过他。美国人在巴黎的聚居区虽小，可爱的女士却很多，但是利特尔莫尔能下定决心带着同去拜访黑德韦太太并且能给他加分的人，一个都没有。即便去了，他对她们的好感也不会增加，他希望求助那些他真的喜欢的女士。他会偶尔谈起她，说她是个西部的小女人，有沉鱼落雁之容，但相当怪癖，曾是他的红粉知己；可惜除此之外，在加布里埃尔大道①和凯旋门周边的沙龙聚会中，她还是不为人知。如果只有男士而没有女士去造访，只会突出一个事实——他根本就没邀请女士，因此他索性谁都不邀请。另外，他也的确有那么一点私心，不希望她和别人接触，而且他还愚蠢地相信和那位英国人相比她更加在乎他。当然他从未梦想着要娶她，而那位英国人显然沉浸在这个幻觉中不能自拔。她讨厌自己的过去，而且她自己过去也经常这么说，仿佛自己的过去如一个偷东西的厨子、一间嘈杂的卧室或者窗帷上一个烦人的凸起一样，应该与之一刀两断。由于利特尔莫尔是她过去的一部分，因此她可能也讨厌他，并且希望让他和他所代表的所有记忆从她的眼前消失。但她还是网开一面，即便她想把他们之前的关系从自己的生命中抹掉，她似乎依然希望让它留存在他的生命中。他觉

---

① 加布里埃尔大道（Avenue Gabriel），巴黎第八区的一条街道，1818 年以建筑师加布里埃尔的名字命名。

得她之所以抓着他不放，是因为她相信终究会有那么一天他能助她一臂之力。也正是为了这个长久打算，她似乎一点点地改变了。

在维持亚瑟·德梅斯内爵士和她的美国客人（他俩待在她那里的时间明显少很多）之间的和谐关系方面，她做得得心应手。她轻易就让亚瑟爵士相信没必要去嫉妒两位美国客人，因为同时对两个人吃醋简直荒唐，并且他们也不想"排挤他"（她的原话）。自从鲁珀特·沃特维尔认识了好客的黑德韦太太之后，他和他的朋友利特尔莫尔就如影随形，常常一起去拜访她，两人一起到访也让他们的对手减轻了一点点负担。年轻的亚瑟·德梅斯内爵士待人亲切友好，天资卓越却稍显见识狭隘，还有点自命不凡，做事犹豫。因为讨好黑德韦太太的任务太过艰巨，有些时候他会不堪重负，当和她单独相处的时候，他的思绪有时会过于紧张，导致自己十分痛苦。他身材修长挺拔，很显个子，宽大白皙的额头前垂着如丝般光滑的美发，天生一个罗马鼻①。尽管头发和鼻子这副模样，他看上去却依然年轻，部分原因就是他皮肤娇嫩，蓝蓝的圆眼睛近乎孩子般天真。他拿捏不准有些字母的发音，会显得忐忑不安而且羞于启齿。与此同时，这个年轻人的行为举止说明他从小就被培养去做大事情，大方得体已经成为一种习惯，尽管偶尔在小事情上会有点难以应对，他自己也会体体面面地推托说自己是成大事者所以不拘小节。他很单纯，但认为自

---

① 罗马鼻（Roman nose），白种人常见的鼻型，其特点是鼻梁长、鼻骨处形成一段隆起，然后呈直线向下或延续为轻度曲线，鼻根高度中等，但有明显凹陷，鼻尖向前，鼻基部呈水平位。

己是个严肃的人。他家祖祖辈辈都是沃里克郡①的乡绅，最后他的父亲跟一位银行家的女儿结婚了，后者脖子长长的，皮肤由内而外粉白粉白。她父亲本想找个伯爵做女婿，但在众多的准男爵人选中，他同意把女儿嫁给条件最好的鲍德温·德梅斯内。亚瑟是家中独子，五岁的时候就继承了爵位。当可怜的鲍德温爵士在狩猎场摔断脖子去世的时候，亚瑟的母亲再次让她有钱的父亲失望了，因为她注视着亚瑟，炽焰燃烧的慈爱坚定如铁。尽管比他聪明的人有很多，她却从来不承认，也不认可他很平庸。为了让人觉得他聪明有加，她已经竭尽全力了。幸运的是他并不胡作非为，不像他在伊顿公学交往的那几个年轻人一样非要娶什么女演员或者女家庭教师这类的女人。剔除了这个让她感到焦虑不堪的理由以后，德梅斯内夫人就信心满满地期待着他升任要职。在议会里，德梅斯内爵士代表保守党势力和满是红色屋顶的集市城镇②的权益。他会经常向书商订购一些经济学方面的新书，因为他坚信自己的政治立场应该有牢固的统计知识做基础。他并非自负，而是被误导——所谓被误导，我的意思是说他在对自己的认知方面被误导。他觉得作为议会的一员，而非单单作为一个个体，自己在万事万物中不可或缺。这一神圣的信念异常坚定，任何粗俗的臆断和不信任丝毫都不会使其动摇。如果他是个无名小卒，他永远都不会趾高气扬或夸夸其谈，只会觉得社交圈子太大

---

① 沃里克郡（Warwickshire），英国英格兰郡名。
② 集市城镇（market town），古代在物物交换的场所形成集市，后来随着货币经济的发展和交通的进步，集市大量出现，大的集市逐渐成为集市城镇。

是一种奢侈。这就好比睡在一张大床上，一个人不会因为辗转反侧而无法入眠，只会因为睡得好而精神抖擞。

他从未见过黑德韦太太这样的人，也不知道该拿什么标准去衡量她。她和英国淑女全然不同——至少跟和他熟识、经常聊天的那些不一样。然而，她对淑女有自己的一套标准，并且表现得很明显。他怀疑她是乡下女人，但因痴痴爱恋，他会容忍她的百般缺点，告诉自己她行事并不褊狭，只是初来乍到而已。初来乍到当然会显得褊狭，但毕竟这只是小怪癖，而且许多上流人士也是如此。他并不倔强乖张，他母亲扬扬自得地认为在婚姻这一事关终身的大事上他不会任意妄为，但他爱上一个大他五岁的美国人遗孀，这也太出乎她的意料。黑德韦太太举目无亲，并且她有时候好像连他究竟是怎样一个人都搞不清楚。尽管对她有些看法，但也正是她的异国特质才令他如此着迷，她跟他这种人截然不同，性格上一丝沃里克郡的印迹都没有。她就像个匈牙利人或者波兰人，虽然他们之间有语言差异，他基本能理解她说的话。尽管这位不幸的年轻人还没承认自己已坠入情网，但他已经心醉神迷了。如此一来，他会爱得更加审慎，因为他心底明白爱情是何其重要。他这个年轻人老早就清晰地规划了自己的生活，决定要在三十二岁的时候娶妻成家。他的列祖列宗正在天上注视着，但他自己也不知道他们会怎么看待黑德韦太太。虽然他自己也毫无头绪，却百分百确定跟她在一起的时候他别无所求。但他稍稍有点不安，因为对于时间是否该这样被荒废他举棋不定。时间过得了无痕迹，徒留下黑德韦太太的只言片语、怪异的口音、脱口而出的妙语、肆意的幻想和对她过往的神秘影射。他当然知道她有那么一段过去，什么她不再年轻了、她离婚了之类的——而且她多次离婚本来就是事实。他并不妒忌她的前任们，但他希望了解他们，这成了一个难题。黑德韦太太的解释都是断断续续、一闪而过，从没给过他一个全貌。他的问题数不胜数，但她的回答却令人出乎意料，如同突现的发光点一样只会让亮点周边的阴影愈加模糊。显然，她之前生活在一个缺乏教养的国家里偏远的地方，但是她并未因此而变得卑微低下，她反而脱胎荆棘化作百合。他这种身份的人对这样一个女人感兴趣本身就有些浪漫色彩，而觉得自己挺浪漫也让亚瑟爵士欣喜不已，他的几位先人也同样花前月下，这给他开了先河，要不然他也不敢斗胆这么做。他遇到费解的事就会手足无措，能了解点皮毛就心满意足了。他凡事只会断章取义，毫无幽默感。他只会干坐着茫然地等待，不会迫不及待地表达。如果他坠入爱河，那肯定是用他特有的方式去爱，沉思默想、讷口少言又一门心思。他现在就正在等待着天降妙方，来证明他的行为和黑德韦太太的古怪都是正常的。但他根本不知道妙方会从何而来，从他的举止看，你可能会觉得他会在黑德韦太太跟他一起就餐的比尼翁饭店或是英国咖啡馆 ① 某个精美的开胃菜里发现，也可能会在从和平街 ② 搬回的无数衣服礼盒当中的一个里发现（她经常当着她这位仰慕者的面打开盒子欣赏里面的衣服）。有些时候他也会厌倦这种徒劳的等待，到了这

---

① 英国咖啡馆（Café Anglais），位于巴黎市中心的一家高档餐厅，创始于 1802 年。
② 和平街（Rue de la Paix），巴黎市中心的时尚购物街。

种时候，她两位美国朋友的到来（他经常奇怪她的朋友为何如此之少）似乎又可以让他卸下困惑，得到喘息的机会。这个妙方她自己还无法奉上，因为她自己也不知道会为此付出什么。她也会谈她的经历，因为她觉得这是上上策，她敏锐地确信好好利用过去比试图抹杀它要好得多。而且一概抹杀过去也不现实，尽管她希望如此。她不反对说谎，但是现在她正在采用一个新策略，她希望只说那些有必要说的事。当然，如果一概不提她一定会心花怒放。但是，说一点也不可避免，而且我们也没必要去准确判断她如何对愉悦或者迷惑亚瑟爵士的事实巧妙地重新加工。她当然知道要成为上流社会的宠儿她还差之千里，但她的天真烂漫说不定也会让她一飞冲天。

第四章

　　对于鲁珀特·沃特维尔目前所交往的这个人，所有人心里可能都有许多保留意见，而他也从未忘记自己代表官方，责任重大。他不止一次地自问，对于黑德韦太太自诩象征着新时代的美国女性这件事他能容忍到什么程度。他自己也没有头绪，这一点和可怜的亚瑟爵士一样，但他的困惑又有所不同，他不可能有英国人那样独特的想法。此番浮想联翩过后，他又想到假如说黑德韦太太真的到伦敦，要公使馆牵线去觐见英国女王，他该怎么办？他们当然不得不拒绝她，但这样的话又太令人难堪，所以对于客套的承诺他也是慎之又慎。别人的一举一动都可能被她当成一个承诺，他自己也清楚外交家哪怕最细微的动作都可能被过度研究和解读。因此，在跟这个迷人却又危险的女人交往时，他要努力做到八面玲珑。这四个人过去曾经常一起进餐——亚瑟爵士只能对他们推心置腹到这种程度。在这些场合，黑德韦太太作为一位女士过去经常做一些出格的事——譬如拿餐巾擦自己的眼镜，哪怕在最高档的餐厅她也会这么做。一天晚上，在对着灯光擦完自己的高脚杯之后，她侧着头，眼神中微微露出一丝亮色。此时，沃特维尔看着她，心想她就像现代版的酒神巴克斯的女祭司 ①。那一刻他注意到那位准男爵也正在凝视着她，沃特维尔特

---

① 巴克斯（Bacchus）是罗马神话中的酒神和植物神，相当于希腊神话中的狄俄尼索斯（Dionysos）。他的随从和侍女（即酒神女祭司）非常疯狂，整日在山间狂欢痛饮，有生吞活剥野兽的行为，还会把不敬酒神者撕碎。

别想知道他是否也有同感。他经常好奇这位准男爵心里的想法，而且总的来说，他已经花了很多时间去揣摩贵族阶层。只有利特尔莫尔没有在意黑德韦太太，尽管她经常观察他，他似乎永远都对她不上心。沃特维尔跟他打听过许多事，其中之一就是为何亚瑟爵士不带自己的朋友来拜访她，因为在飞逝而过的几个星期里，来到巴黎的英国人比比皆是。他心想她会不会要求过却被拒绝了，他心急火燎地想知道她是不是真的这么说过。他和利特尔莫尔说过自己有多想刨根问底，但是后者对此毫无兴趣。尽管如此，利特尔莫尔还是说毫无疑问她肯定说过，她从来不会为了假装正经而畏首畏尾。

"她对你一直都小心翼翼，"沃特维尔说道，"最近也一直没催你啊。"

"这仅仅是因为她已经对我彻底失去信心了，她觉得我麻木不仁。"

"我想知道她对我有什么看法。"沃特维尔郁郁寡欢地说。

"哦，她还指望你介绍公使给她认识呢。你很幸运，我们的公使不在巴黎，要不然她早就缠着你不放了。"

"好啦，"沃特维尔回答说，"我们的公使处理过几个棘手的难题，所以我觉得应付她也没什么问题。公使不发话，我是什么都不会做的。"一谈起自己的上司他就滔滔不绝。

"她错怪我了，"利特尔莫尔接着说，"我已经跟好几个人提过她了。"

"啊，原来如此。但你是怎么跟他们说的？"

"我说她住在莫里斯酒店，她想结交一些名流人士。"

"你把他们当成社会名流，我觉得，他们会受宠若惊吧，但是他们还是不会去。"沃特维尔说道。

"我跟巴格肖太太谈过她，而且她已经答应了要去。"

"啊，"沃特维尔低声地说，"你可别说巴格肖太太是什么上层人物！黑德韦太太不会见她的。"

"这正合她心意啊，有些人她就想躲得远远的！"

沃特维尔有个想法，亚瑟爵士现在雪藏黑德韦太太是为了给人一个惊喜——他可能想在下一个伦敦社交季①把她隆重推出，但是，这件事他早就知道了。有一次，他主动陪同这位漂亮的美国同胞去参观卢森堡博物馆，顺便为她普及了点当代法国画派的知识。尽管她决心要领略巴黎的每一处精彩（哪怕去和平街那个她说她非常欣赏的裁缝大师那里做衣服的时候，《默里旅行指南》她都不离身），但连馆内收藏的法国画派作品她都没看完；因为亚瑟爵士常陪她去这种地方，而亚瑟爵士对法国的当代画家毫无兴趣。"他说英国的画家比法国的好几百倍，明年我一定要去参观英国皇家艺术研究院②。他好像觉得一个人什么事情都可以等，但是我没他那么好的耐心，我已经等得太久了，再也等不下去了。"黑德韦太太那次跟鲁珀特·沃特维尔商量改天一起去卢森

---

① 伦敦社交季（London season），起源于18世纪，每年4月开始，8月结束。在为期4个月的时间里，英国上流社会的各种社交活动层出不穷，如宫廷舞会、晚宴、慈善活动、赛马会、板球赛、网球赛便集中在这段时间内举办。

② 英国皇家艺术研究院（Royal Academy），英文全称Royal Academy of Arts，简称RA，是位于英国伦敦皮卡迪利街伯林顿府的一座艺术宫。

堡博物馆的时候，就说了这番话。谈到这位英国人，她言外之意好像他是她的丈夫或者兄弟，是她的守护者和情人。

"我好奇她知不知道她的语气听起来有多么暧昧，"沃特维尔心里想，"我相信她要是知道就不会那么说了。"他还想到要是一个人来自偏远的圣迭戈，那她要学的东西必定多如牛毛，因为要想成为一个有教养的女人，方方面面都有要求。尽管黑德韦太太冰雪聪明，但是她说自己耗不起的确也有道理，她必须力学不倦。有一天，她写信给沃特维尔提议次日就去博物馆；亚瑟爵士的母亲要去戛纳①避寒过冬，途经巴黎。她只是中途路过，就待三天，亚瑟爵士自然要一心一意去陪母亲，因此，她就可以自由活动了。她在信里还敲定了期望他来访的具体时间。他准时赴约，他们一起坐着那辆高大的四轮两座马车穿过塞纳河，她在巴黎经常坐着这辆马车跑来跑去。他们的车夫就是那个留着大络腮胡的马克斯先生，马车外观极为奢华，即便如此，亚瑟爵士还是跟她保证，明年在伦敦给她准备的马车要比这辆强一百倍。她跟她的朋友也讲过这件事，他们当然觉得这位准男爵愿意专情于她，并且基本上沃特维尔也这么认为。利特尔莫尔仅仅说起过，在圣迭戈的时候她自己赶着一辆快散架的轻便马车到处跑，车轮泥泞不堪，而且还经常用骡子拉车。当心里想到准男爵的母亲是否会同意见她的时候，沃特维尔颇为兴奋。亚瑟爵士的母亲肯定已经意识到，正是因为一个女人，她儿子才舍不得离开巴黎，而

---

① 戛纳（Cannes），法国地中海岸度假胜地。

此时身处社交季的英国绅士们都在气定神闲地忙着狩猎松鸡呢。

"她住在杜茵酒店，我已经让他觉得，他母亲在巴黎的时候他一定要一直陪着她。"当他们驱车驶上狭窄的塞纳街的时候，黑德韦太太这般说道，"她叫德梅斯内女士，但她的全名是'尊敬的德梅斯内女士'①，因为她是男爵的女儿。她父亲之前是一位银行家，但是他为政府——你知道吗，他们把这些人叫作托利党——做这做那，鞍前马后，后来他就被封为贵族了。所以你看，一个人是完全可能成为贵族的！还有位女士陪着她。"沃特维尔身边这位女士很严肃地跟他说了这些事，他听着都想笑。他想知道她是不是觉得他不知道该如何称呼男爵的女儿。在贵族称谓这一点上，她的确孤陋寡闻。她自己只知道一丁点就夸夸其谈，而且还自以为别人也和她一样无知。他还注意到，她一直都不想多提可怜的亚瑟爵士，哪怕说到他也仅仅把他当成一个婚姻的代名词。她结婚次数太多而且还都结得轻而易举，以至于她说起男士就会让人产生误解。

---

① 此处原文为 "the Honourable Lady Demesne"，"the Honourable" 是用于某些贵族名字前的尊称。

第五章

　　他们步行穿过卢森堡美术馆，只可惜黑德韦太太什么都想看，但什么都只看一眼，跟平常一样说话太大声，舍本逐末地去关注那些无足轻重的拙劣画作。除此之外，天资聪颖的她倒还是挺讨人喜欢。她的理解能力很强，沃特维尔确信不用逛完美术馆，她就能对法国画派略知一二，而且完全可以批判性地将来年伦敦画展的作品与法国画派加以对比。利特尔莫尔和他都不止一次地说过，她非常与众不同，有多重性。她的谈吐和个性里明显充斥着过去和现在新旧拼凑的痕迹。游览完各个华丽的展室后，她提议别直接回去，而是去旁边的花园逛一逛，她迫不及待地想去看一看，而且相信自己一定会喜欢。对于巴黎新城和老城的差别她已经颇有心得，她"完全"感受着拉丁区①的浪漫气息，貌似沉醉于现代文化当中不能自拔。秋日的暖阳洒在卢森堡花园的小径和露台上，小径和露台上方厚厚的叶子被修剪得整整齐齐。叶子微红，斑点上还带着些赭色，给微微带点浅蓝的白色天空镶嵌上厚厚的花边。美术馆旁的一众花坛黄得艳丽，红得娇艳，而阳光就落在美术馆朝南的灰色墙根上。南面是绿色的长椅，上面坐着一排褐脸的护士，她们头戴白帽，身着白色围裙，打理着成

---

① 拉丁区（Latin quarter），法国巴黎地名。

捆的褶皱布料。大路上也有一些护士，旁边还有些黝黑的法国小孩，有些藤椅整齐地堆放在一起，还有一些已经摆开。一位身穿黑衣的老太太，头上一把大大的黑发梳，花白的头发梳理到耳际，她坐在石凳的边上（她身材娇小，石凳太高）一动不动，直勾勾地盯着近处，手里还拿着一把硕大的大门钥匙。一位神父正在树下朗读，大老远就能看到他的嘴唇在动。一个个子矮小、两腿皮肤通红的士兵，两手插在鼓鼓囊囊的裤兜里从他们旁边溜达过去。沃特维尔和黑德韦太太都坐在藤椅上，过了一会儿她说："我喜欢这里，比美术馆的画还要美。"

"法国的一草一木都是一幅画——哪怕丑的也是，"沃特维尔答道，"什么都可以成为画作的主题。"

"嗯，我喜欢法国！"黑德韦太太继续赞美着。但与此不太协调的是她轻叹了口气，然后唐突地说道："他让我去见她，但是我告诉他我不会去，要是愿意，她可以来见我。"这话说得突兀至极，连沃特维尔都有点摸不着头脑，但他很快就意识到她又在说他们之前谈过的亚瑟·德梅斯内爵士和他高贵的母亲。沃特维尔喜欢了解别人的是是非非，但他不喜欢这种被人一股脑强加的感觉，并且，尽管他很好奇，想去了解他所谓的老妇人会如何对待他这位朋友，但对她的这种过度信任还是非常不悦。他之前从未想到他们的关系会好到她会跟他如此倾诉，但是黑德韦太太却把推心置腹当成家常便饭，而亚瑟爵士的母亲对这种行事方式铁定不会有什么好感。她继续说着，话题依旧："她最起码该来见见我，我对她儿子一直都特别好。这当然不是我去见她的理由——这是她来见我的理由。而且要是她不喜欢我的所作所为，可以不理我。我的确想进入欧洲上流社会，但我想用我自己的方式去实现。我不想做跟屁虫，我想当弄潮儿。我觉得总有一天我会勇立潮头！"听着这番话的时候，沃特维尔的眼睛一直看着地上，觉得自己都有点脸红。黑德韦太太身上的某种东西让他震惊不已，而且羞愧难当。的确如利特尔莫尔所说，她从不遮遮掩掩。她的动机、欲望和渴求她都会袒露无遗，这使得她跟别人截然不同，对自己的想法她一定要看得见、摸得着，一清二楚。尽管可能会考虑不周，但压在心头的想法，黑德韦太太一定要说出来才肯罢休，而就在此刻，她突然间激昂澎湃起来。"她要是能来——那么，啊，那她真就是完美无瑕了。我就不让她走了！但是，她必须主动。我承认，我希望她是个好人。"

"她也许会讨人嫌呢。"沃特维尔故意说道。

"好啦，我才不管呢。她的事他从没跟我讲过，他连自己的一个亲戚也没提过。按我的想法，我觉得他鄙视他们。"

"我觉得不是这么回事。"

"我知道不是，我知道因为什么，就是因为他谦虚，他不愿自吹自擂，他是个十足的绅士。他不想让我因为他的家庭喜欢上他——他想让我喜欢他这个人。哦，我的确喜欢他。"过了一会儿她又说道，"他要是能带他母亲来见我，我会更喜欢他。他们在美国也会听说这件事的。"

"你觉得这会让美国人对你刮目相看吗？"沃特维尔微笑着问道。

"这样的话，他们就知道有英国贵族到我这里来拜访了。他们可不愿意。"

"他们肯定不会轻易就让你如愿以偿的。"沃特维尔依然微笑着低声说道。

"我在纽约的时候，他们简直傲慢无礼！你听说过我刚从西部去纽约的时候他们是怎么对我的吗？"

沃特维尔两眼有点茫然，因为他从没听说过这件事。他的同伴已经转过身对着他。长着漂亮脸蛋的她把头猛地往后一甩，像风中摇曳的花朵，脸颊绯红，眼中的光芒更加锋利。"啊！纽约人那么可爱，他们不会粗鲁无理的啊！"这位年轻人大声说。

"我算看明白了，你和他们是一丘之貉。但是我说的不是男人，男人还过得去——尽管她们不允许。"

"允许什么，黑德韦太太？"沃特维尔还完全蒙在鼓里。

她并没有立刻回答，茫然若失的双眼还闪着一丝光芒。"你在纽约的时候听到过我的什么事没有？可别假装你什么都没听说过。"

他的确什么都没听说过，在纽约没有一点关于黑德韦太太的传言。他没法装，除了如实相告他别无选择，他补充说道："但是我又不在纽约，并且在美国我也不出门的。在纽约也没什么值得出去的——净是些没长大的毛孩子。"

"老女人有很多啊！她们还断言我不合体统呢。我在西部也算大名鼎鼎，从芝加哥到旧金山无人不知。人们哪怕没亲眼见过，至少也听说过我，在外面别人都会认得我。但是在纽约她们就说我不够好，配不上纽约。这件事你怎么看？"她一边说一边还甜甜地轻声一笑。沃特维尔永远都不知道，此番告白之前，她的自尊心有没有挣扎过。这么粗糙的一番话似乎表明她没有什么自尊可言，但是他发现她心底似乎有一处柔软的地方突然开始悸动，而且还剧痛无比。"我找了个房子去过冬的，是当地最美的房子之一——但是我一直都是孤零零一个人。她们觉得我不成体统。和你在这儿见到的情形一样，我太失败了！不管你会怎么看我，我都要把真相告诉你。连一个体面点的人都没来拜访过我！"

沃特维尔很是尴尬，尽管他是个外交官，却也不知该如何应对是好。尽管这件事让人兴致盎然，并且他很高兴能了解到事实真相，但他还是搞不清她有什么必要跟他讲这番真心话。这是他第一次听说这个不同寻常的女人在他的故乡待过一个冬天，这也恰恰证明她的来来去去都完全不为人知。他再怎么假装自己很早以前就有多么了不起也没用，因为他也就是六个月前才刚刚被任命担任现在的职位，而黑德韦太太的社交滑铁卢发生得比这要早。在思索该如何应对的时候，他突发奇想，既没试图解释淡化这件事，也没觉得不安，只是大胆地碰了一下她的手，极尽温柔地大声说道："真希望当时就能知道你住在纽约啊！"

"我认识很多男人，但是男人不算数。他们如果帮不上忙就只会成为累赘，并且你认识的男人越多情况越糟糕。女人只会更加对你不理不睬。"

"她们怕你呀——她们嫉妒。"沃特维尔说。

"你能这么为我说好话真是个好人；但我只知道一点，她们一个都没踏进过我门口半步。你没必要美化，情况如何我一清二楚。在纽约，请听我说，我一败涂地！"

"纽约人真是差得一塌糊涂！"沃特维尔大声说道，后来他告诉利特尔莫尔他当时激动不已。

"现在你知道我为什么非要在这里进入上流社会了吧？"她跳起来站到他的面前，带着又干又硬的笑容低头看着他。她的笑容本身已经回答了这个问题，因为笑容里都是她想要报仇的迫切渴望。随后她非常突然地起身离开，沃特维尔都被落在了后面。但是，就在刚才还坐在那儿的时候，跟她的眼神瞬间交会的那一刻，他觉得，因为她那一笑和她那灵光乍现的激昂一问，他最终和黑德韦太太心灵相通了。

她转过身，朝公园大门走去，他也陪着一起走，她话语中的悲凉让他隐隐不安地笑了起来。她当然期望他能帮她实现复仇计划，但那些跟他有关系的女人，他的母亲和姐妹，他不计其数的堂表姐妹们跟她所受的冷遇都有所瓜葛，他边走边思索，觉得她们的做法也无可厚非。这样一个如此喋喋不休地诉说自己在社交中所受伤害的女人，她们不去见乃明智之举。抛开黑德韦太太是否正派不谈，不管怎么说她举止粗俗这一点毋庸置疑，多亏了她们直觉灵敏才会避而远之。欧洲上流社会有可能会接纳她，但这无疑是错误的。沃特维尔带着一种纽约人特有的自豪感心想，在这件事上，纽约完全可以采取一副比伦敦更高的姿态。他们不言不语地走了一段路，终于，他把那一刻脑海中最想说的话坦诚地说出了口："我讨厌'进入上流社会'这个说法。我觉得一个人不应该有这样的野心。一个人应该假定自己已经是上流社会的一员——自己就是上流社会的代表，应该相信如果自己彬彬有礼，那么从社会的角度来看就已经很了不起了。毕竟，谋事在人，成事在天。"

黑德韦太太似乎困惑了片刻，然后突然叫道："好吧，我想我是没有礼数，但我自己也不愿这样啊！我确实说话不得体——这一点我自己也很清楚。但是，先要让我进入自己所向往的上流社会，然后我就会注意自己的说话方式。只要能进入上流社会，我自己也会变得完美！"她激情澎湃地大声说道。他们走到公园的门口，在门外站了一会儿，等黑德韦太太的马车过来。此时，沃特维尔有点惆怅地瞥了一眼音乐厅低矮拱门对面那些成排的书摊。满脸络腮胡的马克斯坐在马车里柔软的座垫上，正打着盹呢。马车都已经开动了，他还在睡着，直到车停下他才醒过来。他一下子坐起来，有些茫然，随后清醒过来下了马车。

"这是我在意大利养成的习惯——他们管这个叫午休。"他一边给黑德韦太太扶着车门，一边欣然笑着说道。

"咳，我想也是这么回事！"这位女士回答道，她一边上马车一边友好地微笑着，沃特维尔紧跟其后。看到她这么纵容自己的下人，他也不觉得奇怪，她这么做很正常。但是讲礼数要从自家做起，沃特维尔心里想，并且这对于渴望进入上流社会的她也颇具讽刺意味。但是，即便这样，她还是在考虑着那个正在和沃特维尔讨论的话题。当马克斯坐回车夫的座位，马车继续往前行驶的时候，她又冒出了两句颇为轻蔑的话："我一旦在这边出人头地，就可以把纽约踩在脚下！你就等着看那些女人会是一副什么嘴脸吧。"

沃特维尔肯定他的母亲和姐妹们不会做苦脸出洋相，但是，在马车驶回莫里斯酒店的路上，他再次觉得他明白了黑德韦太太的为人。当他们正要驶入酒店大院的时候，一辆有篷马车赶到他们前面，几分钟后当他手扶同伴下了马车的时候，他看见亚瑟·德梅斯内爵士下了刚才那辆马车。亚瑟爵士看到了黑德韦太太，但他还是立刻伸手去扶马车里的那位女士。这位女士从车里出来，给人以稳重威严的感觉。她还很年轻，人又漂亮，个子高挑，温文尔雅，穿着简单却十分端庄。当她站在酒店门前的时候，沃特维尔明白了这是准男爵带他母亲来拜访南希·贝克呢。黑德韦太太旗开得胜，因为老德梅斯内夫人已经迈出了示好的第一步。沃特维尔想知道纽约的贵妇们，如果通过某种神奇的磁力波感知到这个消息，嘴脸是不是正震惊得扭曲变形呢。黑德韦太太立马明白发生了什么事情，但她既没有迫不及待到欣喜若狂，也没有慢条斯理地视而不见。她只是停下脚步，朝着亚瑟爵士微笑。

"我希望引荐一下我的母亲，她很想认识你。"男爵夫人之前挽着亚瑟爵士的胳膊，他挣开后朝黑德韦太太靠近了一点。男爵夫人表现得既率直天真又谨慎小心，拥有英国贵妇的所有智谋。

黑德韦太太站着一动也不动，伸出双手好像要赶紧把她的客人拉过来一样。"天哪，你真是太贴心了！"沃特维尔听她说道。

他正要转身离开，因为他自己的差事已经结束了。但是已经让自己母亲对眼前这位准女主人投怀示好的那位年轻英国人还想表现得更友好一点，于是对他说道："我要跟你说再见了，我要走了。"

"那么，再见吧，"沃特维尔说道，"你要回英国吗？"

"不是，我要陪母亲去夏纳。"

"你要长住夏纳？"

"很可能会一直待到圣诞节。"

两位女士在马克斯先生的护送下进入酒店后，沃特维尔立刻就结束聊天离开了。他边走边笑，心想这位大人物的母亲之所以会屈尊来访，亚瑟爵士自己肯定是要付出代价的。

第二天一大早，他去探望利特尔莫尔，后者还欠他一顿早饭。利特尔莫尔跟往常一样，正在抽着雪茄读着一叠厚厚的报纸。利特尔莫尔家房子很大，还雇了一个大厨。他很晚才起床，然后整个早上都会在屋里走来走去，不时地停下来看看窗外的玛德莱娜广场①。他们坐下吃早饭后不一会儿，沃特维尔就说黑德韦太太要被亚瑟爵士抛弃了，因为他要去夏纳。

"这又不是什么新闻了，"利特尔莫尔说，"他昨晚来跟我告别了。"

"跟你告别？他怎么突然间这么彬彬有礼了。"

"他来并不是出于礼貌，而是因为好奇。他在这儿吃过饭，再来拜访也有借口。"

---

① 玛德莱娜广场（place de la Madeleine），巴黎第八区的一个广场，得名于玛德莱娜教堂。

"我希望他的好奇心得到了满足。"沃特维尔说。他自己说话的方式就显得好奇心十足。

利特尔莫尔犹豫了一下说道："噢,我觉得没有。他的确在这儿坐了一段时间,但是我们天南海北什么都聊,就是没谈他想要了解的那个话题。"

"他想了解什么?"

"我知不知道南希·贝克的一些不光彩的事。"

沃特维尔瞪大眼睛说："他称呼她南希·贝克吗?"

"我们根本就没提到她,但是我知道他意欲如何,他想让我谈有关她的话题——只是我根本就没上钩。"

"哎,可怜虫啊!"沃特维尔嘀咕道。

"我不明白你为什么可怜他,"利特尔莫尔说,"追求贝克夫人的男人都不值得可怜。"

"好吧,但他是想要娶她啊。"

"那就让他娶吧。我又没什么好说的。"

"他认为自己很难接受她过去的有些事。"

"那还是让他别再为此纠结了吧。"

"如果他爱着她,怎么可能会纠结呢?"沃特维尔问道,说话的语气就像自己深爱着她一样。

"我说,老兄,他必须自己搞定这件事。他无论如何都无权来问我这样一个问题。就在他离开之前,有那么一瞬间问题都到他嘴边上了。他就站在门口,但又不走——似乎马上就要张口问了。他直盯盯地看着我,我也直盯盯地看着他,我们就那样对视了将近一分钟。后来他还是打住了没问，转身走了。"

沃特维尔饶有兴趣地听完这一小段描述，说："要是他问你，你会说什么？"

"你觉得呢？"

"嗯，我觉得你会说他没权利问你这个问题吧？"

"那就等于不打自招。"

"确实如此，"沃特维尔若有所思地说，"你不能那么做。但是，如果他把问题推给你，让你以名誉担保，问她值不值得娶，那就棘手了。"

"确实棘手。幸运的是，他根本没理由让我拿名誉去担保什么事情。并且，我们的交情尚浅，他也没权问我关于黑德韦太太的问题。因为她是我的好朋友，他总不能妄想让我抖出她的秘密吧。"

"尽管如此，你还是觉得他不该娶她，"沃特维尔断言道，"要是个普通人这么问你的话，你可能会把他痛揍一顿，但即便这样也不能算是个明明白白的回答。"

"回答一定要有用处。"利特尔莫尔说道。过了一会儿，他补充说："某些情况下，说假话做伪证也是一个男人该做的。"

沃特维尔面色凝重。"某些什么情况？"

"与一个女人的名节利害攸关的时候。"

"我明白你的意思。那肯定是因为他自己也深陷其中。"

"他自己，或者别人。是谁不重要。"

"我觉得很重要。对做伪证我可不敢苟同，"沃特维尔说，

"这是个很微妙的问题。"

用人来上第二道菜的时候把他们打断了，然后当利特尔莫尔叉菜的时候，他突然大笑起来。"她要是真嫁给那个自命不凡的家伙简直就是个笑话！"

"这也意味着你的责任重大呀。"

"有没有责任另当别论，但肯定会很有趣。"

"那你是要帮她的忙了？"

"但愿不会！但是我还是看好她。"

沃特维尔严肃地瞥了他的同伴一眼，觉得他肤浅得令人诧异。但这也的确是个难题，他轻叹一声，放下了叉子。

第六章

那年复活节假期，天气和煦异常，温柔如水的阳光让春天也早早地到来了。山楂树和一簇簇报春花在沃里克郡高大茂密的树篱中相映成趣，英国的优良树种已经整整齐齐地冒出羞涩的新芽，覆盖上了一层绿绿的绒毛。鲁珀特·沃特维尔在公使馆忠于职守，根本没时间去欣赏这一宜人的乡间景致，而这种景观是英国人的伟大发明，完美地诠释着他们的性格。在伦敦，很多人觉得这个年轻人很有头脑，因此他常会受人之邀，但对于多数邀请他只能婉言谢绝。因此，每当他走进一幢世代相传、精美漂亮、领地环绕的古老建筑时，他依然觉得新奇无比，并且自他初来英国，他就对这些古宅极为好奇而且十分艳羡。他打算尽可能多见识几幢，但他不喜欢操之过急，也不愿心有旁骛而为之，而他自己一直忙得焦头烂额。于是他只好把乡下建筑留待日后，想在熟悉了伦敦之后再慢慢去参观，但是他毫不犹豫地接受邀请前往朗兰兹①。邀请来自与他素昧平生的德梅斯内夫人，因为在一份报纸上看到过她的消息，所以他知道她整个冬天都待在戛纳，现在已经回来了。收到她这封不拘礼节的邀请信时，他颇为惊讶。信中写道："沃特维尔先生，你好，我儿子跟我说十七号你也许能

---

① 朗兰兹（Longlands），位于伦敦东南部。

来我们家待上两三天。如蒙光临，不胜荣幸。我们保证你的可爱同乡黑德韦太太也会在。"

他早就见过黑德韦太太，两周前她从库克街①上的一家酒店写信给他，说她已经到伦敦了，来参加社交季，很想见他。他去见过她，胆战心惊地怕她会摊牌让他引荐她，但是他惊喜地发现她把这个话题抛到了九霄云外。她冬天都待在罗马，从那里直接就来英国了，中途在巴黎稍作停留买了几件衣服。她对罗马很满意，在那里交了许多朋友，并跟他保证罗马一半的贵族她都认识了。"他们彬彬有礼，就是有一个缺点，他们会赖着不走，"她说道，"我的意思是他们来拜访的时候。"看着他不解的眼神，她接着解释说："他们常常每天晚上都来，而且他们想待到第二天。他们都是些王公贵族，我常分给他们雪茄抽。我认识的人都数不过来。"她立刻发现沃特维尔眼睛里有同情的神色，六个月前他听她描述在纽约狼狈不堪的经历时她也看到过同样的眼神。"在罗马有许多英国人，我都认识，我想趁着在英国去拜访一下他们。在罗马，美国人干等着想看看英国人要干什么，英国人也待着想看看美国人要干吗。正因为如此，我也不用去应付那些矫揉造作的怪人。你知道的，他们当中有些人也挺可怕的。而且在罗马，只要你对其历史遗迹和自然风光有点鉴赏力，是不是上流社会也无关紧要，而我对罗马城四周的平原就特别有感觉。我总是喜欢在一些阴暗潮湿的古庙里闲逛，很容易让我想起圣迭戈周

---

① 库克街（Cork Street），位于伦敦西区。

边的乡下，只是乡下没有那些古庙而已。坐着马车到处逛的时候，我就喜欢考虑过去，沉湎其中。"然而，正说着呢，黑德韦太太已经把过去置之脑后，打算全身心地拥抱现在。她希望沃特维尔给她些建议，教她如何生活——教她事情该怎么处理。她应该住酒店还是租幢房子呢？她觉得还是租房子好，当然要先找到合适的才行。马克斯想去租一幢，她不置可否，算是默许了，因为在罗马他就给她寻到了一处称心的地方。在沃特维尔看来，亚瑟·德梅斯内理应尽地主之谊，为她充当向导，安排饮食起居，但她只字未提，他好奇她跟这位准男爵的关系是不是已经走到尽头。自国会开幕大典①以来，沃特维尔也碰到过他几次，他们寒暄过几句，却从没谈到过黑德韦太太。上次在莫里斯酒店庭院里目睹了那段小插曲之后没多久，沃特维尔就被召回了伦敦，后来的事是有一次他听利特尔莫尔说的。那次利特尔莫尔突然觉得应该回美国过冬，正好途经伦敦。利特尔莫尔说黑德韦太太被德梅斯内太太迷住了，对她的善良、和蔼可亲赞不绝口。"她告诉我她想了解她儿子的朋友，我就告诉她我也想了解我朋友的母亲。"黑德韦太太说。"要是能像她那样的话，让我变老我也愿意。"她又说道，暂时忘记了她已经过了可以装嫩的年纪。不管怎样，那对母子还是同去夏纳了。此时，利特尔莫尔也收到家书，动身去亚利桑那②了。于是，黑德韦太太就只剩下孤身一人，无依无

---

① 英国国会开幕大典（opening of Parliament），简称国会开幕大典，通常在每年 5 月初于上议院议事厅举行的仪典，标志着新一届国会会期的正式开始。
② 亚利桑那（Arizona），美国西南部州。

靠，尽管巴格肖太太拜访过她，他还是怕她会无聊透顶。十一月份她就旅行去了意大利，却没从戛纳经过。

"你觉得她在罗马会干些什么？"沃特维尔问道，这已经超出了他的想象，因为他从未踏足过七丘城①。

"我根本不知道，并且我也不在乎！"利特尔莫尔立马说道。离开伦敦前，他跟沃特维尔提起过，黑德韦太太很是出人意料地再次责难他，因为他马上就要把她孤零零地留在巴黎。"还是社交圈那点事——她说我一定要上上心——那种日子她再也过不下去了。她指名道姓求我帮忙引荐，我觉得自己根本不知道怎么跟人开口。"

"我倒是很希望你尝试一下。"沃特维尔说。他一直在不断地提醒自己，身处欧洲的美国人，比之于像他这样身份的人来说，毕竟，在某种程度上，就像羊群之于牧羊人。

"啊，那也不应该拿我们之前的情谊去说事。"

"情谊？"

"她就是这么说的，但我一概否认。不能因为我跟一个女人熬夜谈天，就说对她有什么情谊！"利特尔莫尔停顿了一下，并没有说明这种人情债会带来什么结果。后来利特尔莫尔就乘船去纽约了，终归没有告诉沃特维尔他是如何抵挡住了黑德韦太太的责难，沃特维尔只好天马行空地自由想象了。

圣诞节的时候，沃特维尔听说亚瑟爵士回英国了，他信心满

---

① 七丘城（Seven Hills），即罗马，因其建在七座山丘之上，故有此别名。

满地认为这位准男爵压根也没有去罗马。他觉得德梅斯内夫人是个绝顶聪明的女人——聪明到既能让她儿子按照她的心意行事，又让他觉得那是他自己的选择。在去见黑德韦太太这件事上，她考虑周全而且善解人意，但是在与前者见过面、对她有了评价之后，她下定决心要了断这件事。正如黑德韦太太所言，德梅斯内夫人和善可爱，这在当时很容易做到，后来借着跟第一次见面类似的机缘，她们又见过一面。她依然和善可爱，但表情却僵硬无比。黑德韦太太来伦敦就是为了参加社交季，可怜的她要是期望别人会兑现之前一些含糊承诺的话，就只能尝到梦想破灭的苦涩。尽管他如牧羊人，黑德韦太太是他羊群中的一只羔羊，但他心意已决，他现在的责任绝对不是跟在她后面四处乱跑，何况他相信她绝不会离群走远。他又见过她一次，但她还是没有提亚瑟爵士。沃特维尔总是有很多想法，他心想准男爵还没出现，而她依然在等待。她当时正要搬家，因为她的下人在梅费尔的切斯特菲尔德街①给她找到了一处价格不菲的宝贝小屋。之后，沃特维尔便收到了德梅斯内夫人的信。大吃一惊之余，他迫不及待地动身前往朗兰兹，心急火燎的程度不亚于在巴黎参加一出新戏的首演。这一突降鸿运于他而言就如同收到剧作家赠送的入场券一般。

在黄昏时刻到达英国的乡间宅邸正合他意。他喜欢在黄昏坐着马车驶出车站，观赏沿途的田野、矮树、灌木和村舍，一切朦

———————————
① 切斯特菲尔德街（Chesterfield Street），位于伦敦西区。

朦胧胧又稍显荒凉，而他此行却目的明确，心情轻松愉快。他还喜欢马车驶过幽长的小径时发出的声音，小路七转八弯，斗折蛇行，终见灰白颜色、宽大的宅邸正面，稀稀拉拉的几扇窗子透出亮光，一条宽宽的硬石子路一直通到门前。朗兰兹宅邸正面样子朴素，却有种显赫盛大的气势；它出自天才建筑师克里斯多弗·雷恩爵士之手。宅邸两侧有突出的半圆形侧厅，檐口上每隔一段距离便装饰着一座雕像，在薄暮的映衬下看上去就像一座意大利宫殿，通过某种神奇魔法被搬到了一座英格兰公园里。沃特维尔乘坐的是晚班火车，晚宴前只有二十分钟供他整理着装。他非常自豪的一点就是自己能把着装整理得又快又好，但这样一来他也就没时间去关心留给他的房间是不是符合他尊贵的参赞身份了。从自己的房间一出来，他就发现屋子里有位大使，这一发现让他不安的思绪平复了下来。他默默地心想，要不是因为优先考虑那位大使，给他安排的房间会更好。他们所处的这栋建筑辉煌宏大，整体呈浅色调，高高拱起的天花板上是神话主题的浅色壁画，镀金大门表面装饰着古老的法国嵌板，还有褪色的挂毯、精美的锦缎以及琳琅满目的古老瓷器，其中有个粉色玫瑰大罐尤为惹眼，这一切都有种上世纪的异国风味。屋里的人都聚集在正厅参加晚宴，壁炉里燃着粗大的木柴，为大厅增色不少。大厅里客人众多，沃特维尔担心自己是最后一个到的。德梅斯内夫人对他微微一笑，纤手轻握而过。她镇定自若，什么也没说，招待他如同招待常客。对此，沃特维尔也不确定是喜还是忧，但女主人对此也不关心，她注视着在场的客人，好像在计算人数。一家之主亚瑟爵士正在壁炉前跟一位妇人聊天，当看见大厅那头的沃特维尔时，便向他挥手示意，一副很高兴见到他的样子——在巴黎时他可从未有过这种神态。沃特维尔时常听人说起，如今终于有机会观察英国人在自家乡间宅邸是何等的如鱼得水了。德梅斯内夫人转过身来，冲着他甜甜地似笑非笑，脸上的表情跟平时无异。

"我们在等黑德韦太太。"她说。

"啊，她已经到了？"沃特维尔差点把她忘了。

"她五点半到的，六点去梳妆打扮，都已经两个小时了。"

"但愿化妆效果对得起她花的时间。"沃特维尔微笑着说。

"噢，效果？我可说不准。"德梅斯内夫人眼睛看着别处轻声说道。这两句简单的话已经让沃特维尔证实了自己的想法，她确实正在暗地里搞鬼。他心想晚宴的时候自己是否该紧挨着黑德韦太太坐，尽管也承认她魅力十足，他还是更想去猎奇一番。此时，黑德韦太太出现在大厅的楼梯上，她梳妆打扮两个小时的妆容呈现在了众人面前。她缓缓走下来，走了足有三分钟的时间，她居高临下地看着楼下的众人，有种如释重负的感觉。沃特维尔看着她，觉得这是她人生的重要时刻，事实上，她就此粉墨登场进入了英国上流社会。黑德韦太太的闪亮登场反响不错，她迷人的笑容挂在嘴边，身着巴黎和平街买来的拖尾礼服；当她走过时，礼服发出趾高气扬的沙沙声。众人的目光都投向了她，大厅里之前说话的声音本来就不大，现在更是鸦雀无声。她看上去非常孤独，尽管可能仅仅是因为对镜子里自己的打扮不满意才最后一个出场，但在别人看来确实有些刻意。显然她认为这个场合事关重大，并且沃特维尔也肯定她的心正在怦怦直跳。但是她昂首向前，而且笑得更加迷人，好像习惯了被人注目。她要功成名就的决心可能让她很难与人相处，但这已经被她精心地掩盖了。无论如何，她对自己的容貌都信心满满，而这个场合最重要的就是她的美貌。德梅斯内夫人前去相迎，亚瑟爵士却毫不在意，沃特维尔也立马走到一位牧师妻子的身边与她一同就餐——大厅里还没有什么人的时候，德梅斯内夫人就为他们引见过了。第二天早上他才了解到这位牧师的社会等级，但当时当刻，英国牧师能娶妻这件事在他看来很是奇怪。尽管已经在英国待了一年了，英国生活中的很多事情还是会让他瞠目结舌。但是说起这位女士其实很简单，她绝对普普通通，也肯定不会掺和到像宗教改革之类的大事当中。她名叫阿普里尔夫人，裹着一件大大的蕾丝披肩，为了就餐她摘下了一只手套，另外一只手套常常让沃特维尔有种怪怪的感觉。尽管整个晚宴很完美，却有点野餐的意思。黑德韦太太坐在对面，离他稍微有点距离。邻座的人告诉沃特维尔，跟黑德韦太太结伴就餐的是一位将军，那人脸庞消瘦、鹰钩鼻、络腮胡，颇有教养的模样。她另外一边那位衣着讲究的年轻人是什么身份就不大清楚了。可怜的亚瑟爵士坐在两位年长的女士中间，她们的名字很容易让人联想到一些历史人物，沃特维尔之前经常听到她们的名字，以为她们会很浪漫。显然，在落座前黑德韦太太没看见沃特维尔，所以也没跟他打招呼，坐下后她极为震惊地盯着他，一瞬间笑容都几乎不见了。晚宴上有各色山珍海味，而且秩序井然，但是沃特维尔四处打量着，还是觉得宴会有些枯燥。他心里这么想的时候，自己也意识到其实他更多地是从黑德韦太太的角度而非自己的角度在评判这个宴会。除了像慈母般的阿普里尔夫人以外他谁也不认识，而她很迫切地跟他说这说那，告诉他很多宾客的情况，而作为回应，他就敷衍一下说自己和他们不是一类人。黑德韦太太跟那位将军相处得如鱼得水，偷偷察言观色的沃特维尔看得出那位将军甚是沉着精明，正在套她的话。沃特维尔希望她小心为妙。在某种程度上他有点异想天开，当他把她跟其余的人对比的时候，他心想她其实是一个很勇敢的小女人，而且她现在的所作所为有那么一点点英雄气概。她以一敌众，对手们组成一个密集的方阵，身后还有数以千计的援军。他们看上去跟她有天壤之别，在他心里，她就是鹤立鸡群。这些人看起来像七拼八凑在一起，根本不知道努力，周围有的是靠山：男人靠他们干净的肤色，宽大的下巴，或冰冷或愉快的眼神，耷拉的双肩和空洞的手势；而女人们，有几个还算端庄秀丽，被成串的珍珠勒个半死，靠的是她们常见的披肩顺发。她们似乎不会特别在意什么，她们沉默不语，但有时她们也会低语几句，偶尔声音还挺清新圆润。他们都受同一种观念和传统浸染，他们对彼此说话的口音甚至语调的变化都相当了解。而黑德韦太太尽管漂亮却意识不到这些细微的差别，她看上去就是外来的，非常显眼，她表情太过丰富，整个晚上可能太过投入。此外，沃特维尔还觉得英国上流社会总是在找乐子，而所有交际都要以金钱为基础。如果黑德韦太太足够好玩，她很可能会成功进入社交界，而她的财富——不论多少——不会成为她的绊脚石。

晚宴结束后，在客厅里，他走到她的跟前，但她还是没跟他打招呼。她只是看着他——带着一副非常不悦、怪异又无礼的表情，之前他从没见她露出过这种表情。

"你来这儿干吗？"她问道，"你是来监视我的吗？"

听她这么说，沃特维尔脸都红到了脖子根。他知道这不是一个外交家应该有的表现，但是他无法控制自己的脸色。他既惊又气，还非常困惑，但他说道："我是应邀而来的。"

"谁邀请你的？"

"应该和邀请你的是同一个人——德梅斯内夫人。"

"她就是个臭脾气的老太婆！"黑德韦太太转身离开的时候大声说道。

他也转身离她而去。他不明白自己做错了什么受到如此对待。这完全出乎他的意料，他之前从没见过她这副模样。她就是个粗俗的妇人，他觉得在圣迭戈人们也是这么谈论她的。他迫不及待地跟别人攀谈起来，而且相比之下，这些人更加和善友好。他失落地发现，黑德韦太太并未因她的无礼而受到惩罚，她丝毫没有被晾在一边。相反，无论她在屋里什么地方，什么地方人就会更多，还会时不时地爆发出阵阵笑声。他心想，要是她想取悦他们，她一定能做到，而且很显然她正逗得他们开怀大笑呢。

第七章

假如觉得她很怪异，那是因为他还没有真正见识过她的怪癖之处。第二天是星期天，天气极佳，早餐前他便下楼去庭院里散步了。他时而停下脚步凝视着远处的鹿，它们四肢修长，三三两两散落在坡上，如同天鹅绒针垫上稀稀落落的大头针，时而在水塘边徘徊。这片水塘中间有一岛，岛上有一庙，仿灶神庙①而建。此刻，他已经不再想黑德韦太太了，只是在思索着一百多年来这些庄严的建筑给多少家族的历史提供了注脚。再多想那么一点点的话，他大概就会想到黑德韦太太也可能成为一个家族的历史中浓墨重彩的一笔。早餐只有两三位女士没有来，而黑德韦太太便是其中之一。

"她跟我说她中午十二点以前从来都不会离开自己的房间，"他听到德梅斯内夫人跟昨天晚宴时坐在黑德韦太太身边、此刻正在打听她的那位将军说，"她梳妆打扮要花三个小时。"

"她这个女人聪明得可怕！"那位将军大声说道。

"化妆花三个小时还能算是聪明？"

"不是，我是说她处事头脑冷静。"

"对的，我也觉得她很聪明。"德梅斯内夫人说道。她的话外

---

① 灶神庙（Vesta），意大利罗马的一座古代建筑，位于古罗马广场。

之音沃特维尔听得真真切切，而那位将军却不明就里。在这位看上去既亲切又矜持、个子高高、为人直率、做事慎重的女士身上，有沃特维尔佩服的地方。透过她精致的外表和惯常的温柔，他看到了她的坚定，她耐心十足并且视自己的耐心如珍宝。对沃特维尔她没什么好说的，但她会不时询问两句，表现得很在意他。亚瑟·德梅斯内自己显然兴致极佳，举止不慌不忙，无论走到哪里看起来都精神饱满，就像每隔一两个小时就洗过一次澡一样精神抖擞，对意外变故时刻保持着充分警觉。沃特维尔跟他说过的话还不如跟他母亲说过的多，但是前一天晚上在抽烟室里，这位年轻人还是找到机会跟沃特维尔说他能来他很高兴，而且要是沃特维尔喜爱地道的英国景色，他很愿意带他去看看本地几处值得一去的地方。

"我说，在你离开之前一定要留出一两个小时给我，我真的觉得有些东西你会喜欢的。"

亚瑟爵士讲起话来就好像沃特维尔很难伺候一样，他似乎很重视后者。星期天早饭后，他问沃特维尔想不想去做礼拜，大部分女士还有几个男士要去。

"当然要不要去完全在你，不过散着步穿过田野确实能令人心旷神怡，而且教堂是斯蒂芬王①时期的建筑，虽然挺小却很精妙。"

沃特维尔明白这意味着什么，听他的描述就已经是一幅美景

---

① 斯蒂芬王（King Stephen，约 1096 年—1154 年），有时被称为布卢瓦的艾蒂安（Stephen of Blois），是征服者威廉的外孙，从 1135 年起直到去世为英格兰国王。

了。而且他喜欢去教堂，尤其喜欢坐在教堂包厢里，而且有些包厢会大如闺房。所以他回答说愿意去，随后他突兀地问道：

"黑德韦太太会去吗?"

"我真的不知道。"他的东道主说。说话的腔调陡变，显得惊讶异常，就像沃特维尔在问他家的女管家要不要去似的。

"英国人太古怪了!"沃特维尔内心拼命地呼喊着，自他来到英国，无论何时碰到事情有出入，他便会有此感叹。教堂比亚瑟爵士描绘的还要好，沃特维尔心想黑德韦太太不来简直就是个大笨蛋。他知道她追求的是什么，她希望研究英国上流社会的生活以便自己也能拥有那种生活。走进一群屈膝行礼的乡巴佬中间，或是坐在古老的德梅斯内家族的纪念物当中可能会让她很好地认识英国生活，但是如果她真正希望提升自己，最好的选择就是到那个古老的教堂去。他从教堂回到朗兰兹后——他是和那位牧师的妻子穿过草地走回来的，她走起路来精力充沛——花了半个小时吃完午餐。他不愿待在室内，想起还没去花园看过，就随兴走着找起花园来。花园很大，很容易找，并且看起来它一直被人精心打理着。刚走进繁花锦簇的花坛，他就听到了一个熟悉的声音，又走了几步，在一处小径转弯处，他便碰上了黑德韦太太，而且朗兰兹的男主人就伴在她身旁。她头上没戴帽子，阳伞往后撑着，看见自己的美国同胞，她一下子愣住了。

"噢，原来是沃特维尔先生啊，又来秘密监视我了!"她用这样一句话跟这位稍显尴尬的年轻人打了个招呼。

"哈啰!你已经从教堂回来啦。"亚瑟爵士一边说着一边掏出怀表看了一下时间。

他的沉着应对让沃特维尔深感惊讶。他对亚瑟爵士很是钦佩，因为毕竟，他心里想，与女士聊天时被人打断肯定会令他很不高兴。他觉得自己有点傻，本应该让阿普里尔夫人陪着自己才是，这样就会让人觉得他是因为陪她才来花园里的。

黑德韦太太看起来精力充沛，很是可爱，但沃特维尔肯定她不适合以这身装扮在星期天上午出现在英国的乡间宅第，他对这种事颇有一套自己的看法。她身着荷叶褶边白色长睡衣，上面还点缀着黄色丝带。这种衣服庞巴度夫人①在接待路易十五的时候可能会穿，但应该也不会穿到外面去。看见她穿这种衣服，沃特维尔终于明白了她是什么样的人。她做事有自己的方式，也不太随和。她不会下楼吃早餐，她不会去教堂，星期天的上午她会随意穿个平常衣服，看起来非常不英国，非常不符合清教教规。也许，终究这种装扮更适合她。她开始滔滔不绝地大谈特谈起来。

"这一切真是太美了！我是从屋里一路走过来的。我不太爱散步，但是这里的草地就像客厅一样，走起来很舒适，简直美轮美奂。亚瑟爵士，你该去关照一下那位大使了，我把你留在自己身边太不应该了。你不在意那位大使吗？你刚刚说你都没怎么跟他说话，你必须弥补一下。我从没见过像你这样不管不顾自己客人的。难道这里的待客之道就是这样吗？带他出去骑骑马，或者让他玩玩桌球。沃特维尔先生会陪我回去的，而且他窥探我的

---

① 庞巴度夫人（Madame de Pompadour），又译蓬帕杜夫人，是法国国王路易十五的情妇。

事，我还要教训一下他呢。"

沃特维尔对这一指责愤愤不平，他声称："我根本就不知道你们在这儿。"

"我们又没藏着掖着，"亚瑟爵士平静地说道，"也许你该陪黑德韦太太回去。我该去照看一下老大卫杜夫了。午饭应该是两点开始。"

然后他就离开了，沃特维尔便和黑德韦太太一起在花园里漫步。她立即就想知道他刚刚去那边是不是真想找她，但是令他惊讶的是，她询问的口气里满是前一天晚上的那种刻薄。他下定决心，这件事无论如何不能就这么算了，要是别人这么对他，他就一定会让他们长记性的。

"你觉得我一直对你念念不忘吗？"他问道，"有时候我压根就不会想到你。我来这里是为了观赏花园，要不是你跟我说话的话，我早就接着往前走了。"

黑德韦太太十分宽宏大量，似乎根本没听见他的辩解，她仅仅说道："他还有另外两处房产，这才是我关心的。"

但沃特维尔还是不肯善罢甘休，他不会如此轻易地忘掉他所受的委屈。仅仅通过转移话题就想让你羞辱过的人忘记你的所作所为，这做法在新墨西哥州肯定大行其道，但是品德高尚的君子不会就此罢休。"你昨天晚上指责我来这里是为了监视你，你是什么意思？如果我告诉你我觉得你这么说很无礼，你可不能怪我。"这个指责令人难堪的地方在于，其中有一定实事求是的成分。但是，刹那间黑德韦太太一脸茫然，她根本没能理解他的深意。"她终归还是缺乏教养,"沃特维尔心想,"她认为女人扇完男人一个耳光,还能全身而退!"

"噢!"黑德韦太太突然大叫起来,"我记得,我是对你发过脾气,我没想到会见到你。其实根本不是这么回事。我时不时会发发脾气,就像昨天晚上那样,谁正好在我身边我就对谁发泄。但是,一会儿就过去了,并且我就再也不去多想了。昨天晚上我是很生气,我是因为那个老女人才暴跳如雷的。"

"哪个老女人?"

"亚瑟爵士的母亲。无论如何,她都不该出现在这里。在这个国家,丈夫过世后,妻子应该被清理出户的。她有自己的房子,离这边十英里,而且在波特曼广场①还有一处房产,她的房子够她住的。但是她还是赖着不走——就像一贴狗皮膏药。我突然意识到,她邀请我来并不是因为她喜欢我,而是因为她怀疑我。她觉得我配不上她儿子,怕我们成为一对。她肯定觉得我迫不及待地想得到他。我从没追过他,是他来追求的我。要不是因为他,我什么也不会想。去年夏天他在霍姆贝格开始追求我的,他想知道我为什么不来英国,他告诉我我肯定会大受欢迎。其实他并不怎么了解情况,他判断失误。但是他为人一直很好,我很开心看见他周围都是他的——"黑德韦太太停顿了一下,很是羡慕地环视一下四周说,"周围都是世代相传留下来给他的东西。我喜欢这个有历史感的地方,"她继续说道,"装饰也漂亮,见到

---

① 波特曼广场(Portman Square),位于伦敦西区的一个广场,开辟于1765—1784年间,多位贵族在此建有府邸。

的东西也都很令人满意。我之前觉得德梅斯内夫人很友好，她在伦敦给我留下了一张名片，没过多久，她就给我写信邀请我来这里。但是，我也是聪明人，事情马上就可以看透。昨天晚宴的时候，她走过来跟我说话，我就看出端倪了。她发现我很漂亮，这让她很生气，脸都绿了。她觉得我要是丑八怪就好了。我倒是真想让她如愿以偿，但是自己长什么模样，我哪能左右得了？接着，我又看出来，她之所以请我来这里是因为他的坚持。我初来乍到的时候他不来看我，待在我身边从来不会超过十天。这都是她设法阻止的，她逼他做出了某种承诺。但是，没多久他就改变主意了，然后他就很有礼貌地做一些事情来弥补。他一连三天都来看我，还让她也来。有些人跟她一样，一直拖着尽可能不来，然后好似妥协，实际上却抵触得更厉害了。她恨我，觉得我会毒害别人。我不知道她认为我到底做过些什么，她为什么会这么想。她非常狡诈，她真是个老狐狸。昨天晚宴看到你的时候，我还以为她让你来帮她呢。"

"帮她什么？"沃特维尔问道。

"向她说我的一些事，来通风报信，这样她就可以对付我了。你可能会信口开河！"

这一番真心倾诉让沃特维尔全神贯注到几乎喘不过气来，他登时觉得头晕目眩，突然停了下来。黑德韦太太继续往前走了几步，然后也停下脚步转过身来看着他。"你真是个难以形容的女人！"他大声道，在他看来她就是个真真正正的野蛮人。

她大笑起来——他觉得她是因为他脸上的表情在嘲笑他，

而且她的笑声响彻整个花园。"难以形容的女人是怎样的一种女人?"

"你一点都不矜持。"沃特维尔毅然说道。

黑德韦太太的脸一下子红了,但奇怪的是,她似乎并没有生气。"不矜持?"她重复了一遍。

"这种事你不该跟别人讲的。"

"噢,我明白你的意思,我是什么事都说。我激动的时候就必须要说出来。但是我要用自己的方式去做事。别人对我好,我就会很矜持。你问问亚瑟·德梅斯内我不够矜持吗?你再去问问利特尔莫尔。别整天傻站在这里,该回去吃午饭了。"黑德韦太太继续往前走,而鲁珀特·沃特维尔抬头看了她一眼,然后慢慢跟上了。"等安顿好我就会矜持起来的,"她继续说,"一个人还在设法保命的时候是没法矜持的。你说起来当然很容易,整个美国使馆都支持你。我的确很兴奋。这件事我已经抓在手心里了,而且我不想放弃!"在他们走到门口之前,她告诉了他他们被同时邀请来朗兰兹的原委。沃特维尔更愿意相信这是他的个人魅力使然,但是黑德韦太太却完全不信这一套。她宁愿相信她的生活里充斥着阴谋诡计,而且这些阴谋多数都跟她有关。但是,沃特维尔收到邀请是因为他可以在一定程度上代表美国使馆,男主人也想让不认识这位帅气美国客人的那些人了解这一点。"这会帮我更好地步入上流社会,"黑德韦太太平静地说道,"现在你也没辙了——你已经帮我迈出了第一步。要是他认识大使或者一等秘书的话,他就邀请他们了,但是他不认识。"

　　等黑德韦太太说到这里的时候，他们也走到了门口，沃特维尔却想和她在门廊边多聊几句。"你的意思是说这是亚瑟爵士告诉你的？"他近乎严厉地问道。

　　"他告诉我？当然不是！你觉得我会让他居高临下地觉得我会求他帮助吗？我想听他自己主动告诉我想帮我！"

　　"我不明白他为什么不——按照你的意思去做。你跟所有人都说过你想得到什么了呀。"

　　"跟所有人都说？我最多紧张的时候，跟你说一说，跟乔治·利特尔莫尔说一说。我跟你说是因为我喜欢你，跟他说是因为害怕他。顺便说一句，我一点都不怕你。在这里我独自一人，其他人一个都不认识。我必须得找个人给我点安慰，难道不行吗？昨天晚上我疏远你，亚瑟爵士责备过我了——因为他注意到了，这才让我去揣摩了一下他的想法。"

　　"那我应该感谢他了。"沃特维尔说道，他被搞得一头雾水。

　　"所以别忘了你要对我负责。你不想让我挽着你的胳膊，一起进去吗？"

　　"你真是集各种不寻常于一身。"他低声说道，此时她正站在那儿微笑着看着他。

　　"哦，走吧，你可别爱上我！"她笑着大声说，然后也没挽他的胳膊，走在前面进了大厅。

　　那天晚上，穿上礼服赴宴前，沃特维尔闲逛着走进了藏书室，他满心以为在这里能碰到志趣相投的高雅之士。但藏书室空无一人，他高高兴兴地在众多文学瑰宝和饰有古老的摩洛哥山羊皮封面的经典书籍中徜徉了半个小时。他极为推崇好书，而且认为好书就要有漂亮的封面。天色已经开始变暗，但是在美丽的暮色中，无论何时看到一本鎏金古书封面上泛着的微光，他都会取下书，拿到窗前欣赏一下。等查看完一本沁香的对开本，刚要把它放回原处的时候，他突然发现德梅斯内夫人就站在自己跟前。他被吓了一跳，因为她那高瘦的身形，深色高起的房间映衬下愈显白皙的面容，再加上严肃的神情，让她的出现有种幽灵般的感觉。但是，他看到了她的微笑，听见她用她那甜蜜到近乎悲伤的腔调说道："你在读我们家的书吗？恐怕都很枯燥吧。"

"枯燥？怎么会呢？它们生机勃勃，一如当年。"他拿着那本对开本，把泛着微光的羊皮封面朝向她说道。

"我恐怕没怎么看过这些书。"她喃喃说着走近窗边，向外眺望。明净的玻璃窗外，花园一望无边，夜的灰暗正开始笼罩那些枝干粗大的橡树。整个地方显得很空冷，而且树木都有一种自命不凡的神气，好像大自然都被贿赂了来垂青这些乡绅家庭。跟德梅斯内夫人聊天并不是一件容易的事，她话不多也不会主动找话题，她对自己对很多事情都很慎重。她的少言寡语乃习惯使然，但这也算是个高贵的习惯。要是你知道她一直不安地生活在某些僵化的想法中，你可能会可怜她，她时不时会看上去疲惫不堪，好像负担着太多的东西。她给人的印象依然敏锐，却毫不聪慧，而她的敏锐也不过是一种精心的粉饰而已。她沉默了一会儿，但她的沉默貌似刻意为之，仿佛她想让他知道她找他有事，却嫌麻烦不愿说出口。她已经习惯了让别人去猜测，这样自己也省得去解释。沃特维尔随意说了些夜色很美之类的话（实际上天气已不如之前），而她却默不作声。过了一会儿，她终于彬彬有礼地说道："我希望能在这里找到你——我想跟你打听点事。"

"您有事尽管说——我知无不言，言无不尽！"沃特维尔大声说道。

她看了他一眼，眼神中没有一点傲慢，反而带着恳求，似乎在说："事情很简单，真的很简单。"然后她又环视了一下四周，仿佛屋里还有别的人，而她不希望被人看见跟他私下在一起，也不希望自己看上去是刻意来这里的一样。但不管怎样，她人就在这里，并且继续说道："当我儿子告诉我他想邀请你来我们家的时候，我很高兴。我的意思是，当然了，我们都很高兴……"她顿了一下，然后很坦白地说："我想跟你打听一下黑德韦太太这个人。"

"哈，终于露出狐狸尾巴了！"沃特维尔内心呼喊道，但是他还是脸上挂着爽朗的笑容说："哦，原来如此！"

"你介意我跟你打听她吗？我希望你别介意，我也没有别人可以打听。"

"您儿子比我还了解她呢。"沃特维尔这么说毫无恶意，只是想摆脱困境而已，但说完这句话，他自己都几乎被话语间嘲弄的语气吓了一跳。

"我觉得他不了解她。她了解他，但这又另当别论了。我问他关于她的事，他只是告诉我她很迷人，*仅此而已*。"德梅斯内夫人说道，语气里满是她独有的那种平淡无奇。

"我自己也这么觉得。我很喜欢她。"沃特维尔兴奋地应答道。

"那么你来评价一下她再合适不过了。"

"要我夸她吗?"沃特维尔微笑着说。

"当然可以,如果你了解的话。我很愿意听一听你怎么夸她,我正好想听听呢——听听她有什么优点。"

听到这句话,沃特维尔似乎除了开始盛赞他那位神秘的女同胞之外别无选择,但是他不会上当,绝不会上这个当。"我只能说我很喜欢她,"他重复道,"她一直待我特别好。"

"每个人好像都很喜欢她,"德梅斯内夫人带着一种自然的惆怅说道,"她确实很有趣。"

"她脾气很好,而且她都是好心好意。"

"你说的好心好意是什么意思?"德梅斯内夫人温柔有加地问。

"噢,我是说她为人和善,讨人喜欢。"

"她是你的同胞,你当然要护着她。"

"护着她,那我必须得等到她被人攻击才行。"沃特维尔大笑着说。

"这倒是,我不用说你也知道我现在可没对她说三道四。我永远都不会对自家客人指指点点。我只想了解一下她,而且要是你真的不能告诉我,那你能不能告诉我,我该去找谁打听?"

"她自己会跟您说的。分分钟的事!"

"跟我说她告诉我儿子的那些事吗?我理解不了,我儿子也不理解，都是些奇奇怪怪的事。我倒宁愿你给我解释一下。"

沃特维尔沉默了一会儿，终于说道："对于黑德韦太太，我恐怕也说不清楚。"

"我明白了，你也承认她很奇怪。"

沃特维尔又犹豫了一下。"回答您问题的责任实在太过重大。"他觉得自己非常不近人情，因为德梅斯内太太想让他说什么他心里跟明镜似的。他还没想通过诋毁黑德韦太太的声誉来迎合德梅斯内夫人，但是，凭着他那点尚存的想象力，他完全可以体会到这位温柔、刻板又严肃的女性内心的感受。不难发现，她寻找自己幸福的方式就是强化自己的责任，并且一劳永逸地选定两三件心仪之事并乐此不疲。她脑海中肯定浮现过黑德韦太太的一些画面，觉得她既讨厌又危险。但是，他现在意识到她把他最后的几句话视作一种妥协，觉得还能得到他的帮助。

"那么，你知道我为什么跟你打听这些事吗？"

"我想我知道。"沃特维尔强颜欢笑着说道，他笑得连自己听起来都有点傻。

"要是你知道的话，我觉得你该帮帮我。"说这句话的时候她的声音都变了，快速地颤抖着，他能看得出她极度的焦虑。他立刻觉得在她下定决心要跟他聊一聊之前，她的焦虑已然如此。他挺同情她，决心要郑重其事一点。

"如果能帮到您，我肯定会帮的。但是我的处境也很难。"

"总不会比我的还难吧！"她正倾尽全力，哀诉恳求。"我想你并不欠黑德韦太太什么人情，在我看来你跟她可是全然不同。"

她补充道。

沃特维尔对于德梅斯内夫人抬高他、贬低黑德韦太太的这番话并非听不明白，但这话让他微微一震，觉得她这么说是试图贿赂他。"您不喜欢她，这让我很吃惊。"他斗胆说道。

德梅斯内夫人朝窗外看了一眼说："我觉得你并不惊讶，尽管你可能尽量表现出一副吃惊的样子。不管怎样，我不喜欢她，而且我搞不懂为什么我儿子会为她痴迷。她是很漂亮，而且看上去很聪明，但是我并不信任她。我不清楚是什么让他着了魔，他们家世代都没娶过像她那样的女人。我觉得她根本就不是个淑女。我希望他娶的女子和她有天壤之别——也许你明白我的意思。她经历的一些事情让我们很困惑。而且我儿子也同样地困惑。如果你能给我们解释一下，可能会很有帮助。第一次见到你我就信心满满，觉得你会帮忙，而且我也不知道该何去何从。我现在真的是焦头烂额。"

她很焦虑这一点一眼就看得出，她的动作已经变得更加夸张，在渐浓的暮色里，她的眼睛似乎熠熠发亮。"您断定这件事已经到火烧眉毛的地步了吗？"沃特维尔问道，"难道他已经跟她求婚，而且她已经答应了？"

"要是等到什么事情都尘埃落定就太迟了。我有理由相信我儿子现在还没有订婚，但是他十分纠结。他非常担心，正是因为这样，现在还能挽救他。他的荣誉感很强，对她过去的生活不满意；他不知道该怎么看待我们听说的那些事。就连她自己承认的那些事也非常令人不安。她结过四五次婚，一次又一次离婚，这太匪夷所思了。她跟他说在美国情况不一样，但任何事都应该有个界限。事情肯定非比寻常——我怕可能是大丑闻。被迫接受这些事简直太可怕了。他并没有把这些对我和盘托出，但是他也不需要说，我太了解他了，猜都猜得到。"

"他知道您跟我聊过吗？"沃特维尔问道。

"一无所知。但是我必须告诉你无论你告诉我什么她的闲言碎语，我都会转告他。"

"那我还是不说为妙。事情很微妙，黑德韦太太又没法为自己辩护。别人可能喜欢也可能不喜欢她，但是我觉得她事事都很完美。"

"难道你什么都没听说过吗？"

沃特维尔还记得利特尔莫尔坚持认为有些时候一个男人在道义上有责任去说假话，他心里想此时是否就是其中情形之一。德梅斯内夫人强人所难，迫使他相信她有苦衷这一事实，而且他也发现了她和那个对美国西部编辑暗送秋波的任性小女人之间的巨大差异。她不想跟黑德韦太太有什么瓜葛也无可厚非。毕竟，他和黑德韦太太的关系还没有好到让他义不容辞为她说谎的地步。他并没有竭力想去结识她，是她拼命去结识他的，是她派人请他去见她的。即便如此，虽然话已在嗓子眼，他还是不能出卖她，他和利特尔莫尔在纽约也是这么说的。"恐怕我真的没什么好说的。而且，我说了也不管用，您儿子不会因为我不喜欢她就放弃她呀。"

"他要是相信她怙恶不悛的话，就会跟她断绝来往。"

"喔，但我无权这么说。"沃特维尔说。德梅斯内夫人对他很是失望地转过脸去。他害怕她会脱口说出："那么，你觉得我邀请你来是干什么的？"她从窗户边走开，并且很明显要转身离开。但她突然停住说道："你知道她的把柄，但是你不肯说。"

沃特维尔双手抱着那本对开本的书，看上去很尴尬。"您可以把这些事推到我身上，但我什么也不会说。"

"这完全是你的自由。我想还有另外一个了解底细的人，另外一个美国人，我儿子在巴黎的时候他也在。我忘了他叫什么名字了。"

"黑德韦太太的朋友？您说的应该是乔治·利特尔莫尔。"

"对的——利特尔莫尔先生。他有个妹妹我见过，但是直到今天我才知道她是他妹妹。黑德韦太太谈到过她，但是我发现她不认识她。我觉得这本身就是个证据，很能说明她的人品有问题。你觉得他会帮我吗？"德梅斯内夫人很直接地问道。

"我很怀疑，但您可以试试。"

"我真希望他跟你一起来。你觉得他会来吗？"

"他这会儿正在美国，但是我相信过不了多久他就会回来。"

"我要去他妹妹家一趟，我会请她带他一起来见我。她为人非常好，我觉得她能理解。糟糕的是要来不及了。"

"别对利特尔莫尔抱太大希望。"沃特维尔严肃地说道。

"你们男人真没同情心。"

"我们为什么要同情您？黑德韦太太又不会伤害到您这样的人。"

德梅斯内夫人犹豫了片刻，然后说："一听到她的声音我就很痛苦。"

"她的声音很甜美呀。"

"也许吧，但是她这个人太讨人厌！"

沃特维尔觉得她这句话说得太过分，可怜的黑德韦太太是容易遭别人批评，他自己也说过她缺少教养。但是她并不讨厌。"还是先让您的儿子同情一下您吧。要是连他都不愿意的话，您还怎么能指望别人呢？"

"哦，但是他对我可是知疼知热！"这话虽然没什么逻辑性，但德梅斯内夫人却是说得威风凛凛，说着她便朝门口走去。

沃特维尔走上前给她打开门，就在她要离开的那一刻，他说道："您现在唯一能做的只有一件事——试着去喜欢她！"

她恶狠狠地瞥了他一眼说道："那简直生不如死！"

第八章

　　乔治·利特尔莫尔是在五月二十日抵达伦敦的。到了之后他做的第一件事就是去公使馆探望沃特维尔，告诉他自己在安妮女王门大街①租了套房子，社交季剩下的日子他都会住在那里，这样他妹妹和妹夫来伦敦也可以跟他住几个月——因为地租减少，他们把伦敦的宅子都出租了。

　　"你现在有了房子，那你没法不招待黑德韦太太了。"沃特维尔说道。

　　利特尔莫尔坐在那儿，双手交叉放在拐杖上看着沃特维尔，听到这位女士时还是一脸的茫然，他无精打采地问："她进入欧洲上流社会了吗？"

　　"应该说差不多了。她有房子，有马车，有钻石珠宝，还有其他的漂亮玩意。她似乎已经认识了很多人，名字也登上了《晨邮报》②。她冉冉升起，现在成名在望。每个人都在打听她的事，他们想跟你求证的事都堆成山了。"

　　利特尔莫尔听得一脸严肃。"她是怎么挤进去的？"

　　"她在朗兰兹结识了很多人，而且他们觉得她妙趣横生。他

---

① 安妮女王门大街（Queen Anne's Gate），位于英国伦敦的威斯敏斯特。

② 《晨邮报》（ Morning Post ），1771—1937 年伦敦发行的一份日报，后被《每日电讯报》（ The Daily Telegraph ）收购。

们肯定对她很有兴趣，而她需要的就是个机会。"

利特尔莫尔似乎突然间觉得这个消息滑稽可笑，因为他的第一反应竟是戛然而止的纵声一笑。"想想南希·贝克是一副什么样子！这里的人真古怪，什么人都感兴趣，在纽约就不一样，没有人会理她。"

"噢，纽约还是太古板。"沃特维尔说，然后他告诉他朋友德梅斯内夫人巴不得他赶紧回来，想让他帮忙阻止她儿子娶这样一个人回家。利特尔莫尔很明显不知道老公爵夫人的宏图大计，并且用一种自认毫不相干的方式暗示他会置身事外。"无论如何，这都不能算是一段好姻缘。"沃特维尔断言道。

"如果他爱她的话，为什么不算？"

"哦，如果你希望这样那就算！"沃特维尔大声说，话音中那种怀疑的态度让他的同伴很是吃惊。"你自己会娶她吗？"

"当然会了，如果我爱她的话。"

"但是你很小心并没爱上她。"

"对的，确实如此——并且德梅斯内最好也能这样。但是既然他已经上钩——"利特尔莫尔忍住一个哈欠，说着的话也打住了。

过了一会儿，沃特维尔问他考虑到他妹妹要来，他要怎么邀请黑德韦太太来他家，而他回答道那就不邀请了。对此，沃特维尔说他太反复无常，而利特尔莫尔回答说自己的确如此。但是他还问道除了黑德韦太太之外，他们能不能谈点别的话题。他很难理解这个年轻人为什么会对她如此着迷，并且肯定他之后一定会受够她。

让人错误地以为他对黑德韦太太有兴趣，沃特维尔还是很难过，他自己也觉得这份"感情"先天不足，因为他只见过她两三次；现在觉得她不再那么依赖他了，也算是种解脱。他们之间再也没有像造访朗兰兹时那么亲密地聊过天。她现在已经无须别人帮助了，她知道自己正走在成功的大道上。对于自己的好运，尤其是好运来得这么快，她假装惊讶，但其实她凡事都已见怪不怪了。她本质上是一个实干型女人，一向兵来将挡水来土掩，不管悲痛不已还是欣喜若狂都不会浪费丁点儿时间。她大谈爱德华男爵、玛格丽特夫人和其他一些地位相当的贵族人士如何渴望结识她，声称完全理解自己命中注定越来越受欢迎的原因是什么。"他们是来取笑我的，"她说，"他们来就是为了听点跟别人吹嘘的谈资，只要我一张嘴说话，他们就一阵狂笑。我就是个名副其实的美国幽默大师，即使我说最平常的事，他们也会哈哈大笑。但我总得说话啊，而事实上当我沉默不语的时候，他们觉得我更有趣。他们把我说的话复述给某位大人物听，然后这位大人物某天晚上再告诉别人他想自己来听我说。我再原原本本地把告诉别人的话跟他也说一遍。我不知道怎么风趣幽默，我只是按自己的方式说话而已。他们告诉我与其说我讲的事情有趣倒不如说是我讲的方式幽默。你看，想让他们高兴易如反掌。他们在意的不是我，而是要能够复述黑德韦太太的'最新语录'。每个人都想第一个听到，这都成了一种日常较量了。"当发现别人期待她做点什么的时候，她就会开足马力去满足，这个可怜的小女人真的尽其所能以成就她的美国特色。如果伦敦名流圈有这般嗜好，她就会竭尽全力去满足。唯一令她惋惜的是她之前对此毫无头绪，要不然她早就全方位提前准备了。她从前觉得住在亚利桑那、达科他这些后来加入美国的州是种劣势，但是现在她感觉，正如她对自己所说的那样，这是她这辈子碰到的最幸运的一件事。她尽量去回忆她在那些地方听到的奇闻逸事，并且痛心疾首没有记录下来。她鼓吹落基山脉回声的奇妙，模仿太平洋沿岸各州的方言土语。当看见她的听众捧腹大笑时，她心想这就是成功，并且相信要是她早五年来伦敦的话，她可能都已经嫁给公爵了。那样的话，这个扣人心弦的奇观肯定会超过亚瑟·德梅斯内爵士现在的所作所为，吸引伦敦上流社会的更多关注。但是从社交界的角度来看，面对满城的风言风语，凭亚瑟爵士的生活阅历他应该要站出来解释一下他的恋情为什么拖了这么久依然悬而未定。看到他这样一个年轻人——保守党内为数不多的"认真负责"的年轻人之一，收入不错却嗜好平淡——对一个长他几岁的女人献殷勤的确能勾起别人的好奇，更何况她还满嘴加利福尼亚俏皮话，又没多少钱。自从来到伦敦，黑德韦太太有了许多新想法，但也保留着一些老念头，其中最主要的一个（已长达一年之久）就是亚瑟·德梅斯内爵士是这个世界上最无可挑剔的年轻人。当然，他也有许多不足之处，他无趣，他直来直去，他不温不火。她觉得他很专一，虽然不太热情。但是所有这些，黑德韦太太都可以不计较，尤其不需要计较生活中是否有乐趣。她的生活过于多姿多彩，她都觉得无聊无趣才是真正的幸福。想到被上流社会完全接纳她就极为满足，无以复加到想象力都枯竭的程度。虽然不是靠一己之力得来的，但她知道自己已经成功了，而且现在可以通过神圣的婚姻来夯实一下。这样的话，就可以证明她内心最深处的情感到底是什么，那是对亚瑟爵士光滑圆润、如绽放百合一般无瑕的伟大品格最虔诚的欣赏。

利特尔莫尔去看她的时候她正好在家，正在给家里的几位宾客上茶，她便把自己的同胞引见给了他们。他一直待到他们都离开，一位男士还想耍花招，很明显想挨到利特尔莫尔先走，但是无论之前他多么受青睐，这次黑德韦太太根本没有让他多待一会儿的意思。他自下而上慢慢打量着利特尔莫尔，似乎想找出突然出现的这个人比他受宠的原因，然后招呼也不打就走了，只留下利特尔莫尔和女主人面面相觑。

"既然你妹妹住在你那儿，我现在好奇你会为我做点什么。"黑德韦太太立刻说道，因为她已经从鲁珀特·沃特维尔那里了解到了情况。"你知道，我觉得你得做点什么。很不好意思，但是我实在想不出你有什么理由可以不做。哪天你妹妹到外面吃饭的时候你可以请我去吃饭，哪怕这样我还是会去，因为我还是想巴结你一下。"

"我觉得那是在挖苦我。"利特尔莫尔说。

"好吧，我明白了。只有你妹妹才深得你心。你的处境有点尴尬，对吧？但是，这些事情你应对得还是挺泰然。你身上的某些东西让我很生气。你妹妹觉得我是什么样的人？她讨厌我吗？"

"她对你一无所知。"

"你什么都没跟她说过吗？"

"只字未提。"

"她没问过吗？这表明她讨厌我。她觉得我不配做美国人。这些我都知道。她想让这里的人知道，无论他们怎么迷我，她更了解我。但是，她得跟你了解一下情况才可以，她不能一直不闻不问。她要是打听的话，你会怎么说？"

"你是欧洲最成功的女人。"

"哦，讨厌！"黑德韦太太恼怒地大声说道。

"你不是已经踏入欧洲上流社会了吗？"

"也许吧，也许还没。现在下结论为时过早，这个社交季还看不出来，每个人都说我得等到明年看看情况是不是还是一样。有时候他们对你感兴趣几个星期，然后就不理不睬了。你得想办法把事情敲定——要板上钉钉才行。"

"你说得这就像你的棺材似的。"利特尔莫尔说道。

"嗯，这其实就是一种棺材。我正在埋葬我的过去！"

利特尔莫尔就此打住了，对她的过去他烦得要死。他换了个话题，让她谈谈伦敦，这个话题她大谈特谈了半个小时，瞎聊她新结交的人和伦敦这座伟大城市最神圣的一些特色。他尽可能站在一个局外人的角度来审视英国，她用自己惯常的方式侃侃而谈她昨天才认识的人和了解的事，这让他突然想到她永远都不会被上流社会真正接受。她喊喊喳喳地大谈其表，就像窗玻璃上的苍蝇一样。她乐此不疲，聊得得意扬扬，欢欣鼓舞，而且兴奋不已；她信心满满，各种论断掷地有声好像撒花一样，她高谈阔论她的打算、她的前景，还有她的愿望。但是，她对英国生活一窍不通，他又想起了之前曾对沃特维尔说过的话："她信心满满！"她突然站了起来，因为她要出去吃饭，梳妆打扮的时间到了。"在你走之前，我想让你答应我一件事。"她不假思索地说道，脸上的表情他很熟悉，意味着她要说的话事关重大。"别人肯定会盘问你关于我的事。"然后她停顿了一下。

"别人怎么知道我认识你的？"

"你没跟人吹嘘过？你是这个意思吗？你要是稀里糊涂起来，还真够可以。不管怎么样，他们就是知道，有可能之前我跟他们说起过。他们会来找你问我的事，我的意思是德梅斯内夫人会来问。她的状态一塌糊涂，怕她儿子会娶我怕得要命。"

利特尔莫尔忍不住笑了起来。"如果他还没娶你，我就不担心。"

"他还是犹豫不决。他非常喜欢我，但是又觉得不该娶我。"她谈论自己时的那种超脱很是荒诞可笑。

"如果因为无法接受原本的你而不娶你，他肯定是个可鄙之人。"利特尔莫尔说道。

这话说得没一点绅士风度，但黑德韦太太没跟他计较。她只是回答道："嗯，他想谨慎一点，的确，他也应该谨慎一点！"

"如果他没完没了问这问那，那他也不值得你嫁。"

"你说什么呢——不论他做什么都值得嫁，他值得我嫁。并且我想嫁给他，这也是我梦寐以求的。"

"他在等我帮他最后敲定这件事吗?"

"我不知道他还在等什么——在等人来告诉他我最可爱,然后他才会确信无疑。这个人要在美国待过,并且对我无所不知。你当然是最佳人选,你就是为此而生的。你难道忘了我在巴黎就跟你说过他想要问你吗?他太难为情就放弃没问,他还设法忘记我。现在,同样的情形再次出现,只是,与此同时,他的母亲一直在试图说服他。她就像打洞的鼹鼠那样没日没夜做他的工作,就想让他相信我根本配不上他。他很在乎她,而且很容易受人左右——我是说他很容易受他母亲左右,不是别人。当然,他受我的影响也很大。哦,我也影响过他,所有的事情我已经跟他解释过不下五十次。但有些事情太复杂,你又不是不知道,但他还是一直问个不停。他希望我把每个细微之处都解释得清清楚楚。他自己不会来找你,但是他母亲会来,或者她会派她的一些手下来。我猜她会派那个律师,他们所谓的那个家庭律师。她想派他去美国调查,却不知道该去哪儿。当然,我是不会告诉他们该去哪些地方,他们得自己查。关于你的一切她都知道,而且她已经和你妹妹熟识了。所以你明白我了解得多么透彻了吧。她正在等着你,她想趁你不备搞突然袭击。她觉得她能搞定你——让你按照她的想法说,然后她再原原本本告诉亚瑟爵士。所以,一切对我不利的事你都要否认。"

利特尔莫尔对这番小小说教听得聚精会神,但最后那句话却让他汗毛倒竖。"你的意思不是说我说的每句话都那么重要吧?"

"别假惺惺了!你和我一样清楚你说的话至关重要。"

"你把他说得像个大傻瓜。"

"别管我把他说成什么。我想嫁给他，就是这样。并且我郑重恳求你。你可以救我，也可以毁我。如果你毁了我你就是个懦夫。你要是说一句我的坏话，我就会一败涂地。"

"好好打扮赴宴去吧，这才是你的救赎之道。"利特尔莫尔回答道，然后就在楼梯口跟她分道扬镳了。

第九章

　　他刚才说话的语气没什么不妥之处，但是在回家的路上，他还是觉得对于黑德韦太太说的那些铁了心要逮住他问问题的人，他不知道该说什么才好。她给他施了个魔咒，让他觉得要对她的成败负责。但是，看到她成功却让他的心横了下来，因为对于她的地位攀升他很恼怒。那天的晚餐，他是独自一人吃的，而他的妹妹妹夫跟朋友一起在外面吃，他们已经连续一个月每天都有人约了。但是多尔芬太太回来得很早，一回来就立刻去了楼梯口边上的小房间，这里被称作利特尔莫尔的巢穴。雷金纳德去了别的地方参加"聚会"，而她立马就回来了，因为有特别的事要跟自己哥哥讲，而且她心急如焚，一分钟也多等不了。她一副急切的样子，乔治·利特尔莫尔则跟她截然相反。"我想你跟我说说黑德韦太太的事。"她说。她说的和他心里想的是同一件事，连他自己都有点惊讶，但那一刻他终于还是决定要跟她谈一谈黑德韦太太。她解开披风扔到椅子上，然后摘下长长的贴身黑手套，但她的手套不如黑德韦太太的精美。她的一举一动似乎都在暗示她正在准备一场重要的会谈。她小巧玲珑、干净利落，也曾经美丽动人。她说话小声细气，温柔文静，非常了解生活中的各种场合该如何应对。她举止得体，理解精准，从没失误过。她一般不会被当成美国人，但她明确表明自己就是美国人，因为她扬扬得意地觉得美国人在英国以稀为贵。她生性极端保守，成为一名比她丈夫更胜一筹的保守党党员。她的老朋友都觉得她结婚以后的变化简直翻天覆地。她对英国上流社会了如指掌，通常穿着打扮得体，同样也是薄薄的嘴唇和美白的牙齿，非常乐观又和蔼可亲。她告诉她哥哥，黑德韦太太四处说他是她最亲密的朋友，但是她觉得奇怪的是他从来没提过她。他承认已经认识她很久了，提到了他们是如何相识的，还说那天下午刚见过她。他一直坐在那儿抽着雪茄，盯着天花板，此时此刻多尔芬太太的内心已经生出重重疑问：他真的那么喜欢她吗？他觉得她值得娶吗？她的前任们都古怪透顶是真的吗？

"我还可以告诉你德梅斯内夫人给我写了封信，"多尔芬太太说，"我出门前刚刚收到，就在我的口袋里装着呢。"

她掏出那封信，很明显想读给他听一听，但是他无动于衷。他知道她来就是为了迫使他公布黑德韦太太的丑事，让她的计划泡汤。但是，不管对她的飞黄腾达如何不满，他更讨厌被别人催促和逼迫。在汉普郡人看来，多尔芬太太有很多特质，其一就是她继承了家族男性成员的优点。她很关心他，他也很敬佩她，很自豪拥有这么一个嫁到英国的妹妹。尽管如此，对于黑德韦太太他并没有只贬不褒。他坦承她表现得并不得体，对此没必要争论不休，但是他也没觉得她比别的女人差很多，她结婚与否他都没什么感受。而且这也不关他的事，他还暗示说这跟多尔芬太太也没什么关系。

"一个人总不能连做人最起码的要求都不管不顾吧！"他妹

妹回答道，她还说他这个人反复无常。他并不重视黑德韦太太，连她最不堪的事都知道。他觉得她不配跟自己的近亲好友来往，却甘愿让不幸的亚瑟·德梅斯内爵士拜倒在她的石榴裙下。

"有钱难买我乐意！"利特尔莫尔大声说道，"我要做的就是自己别娶她，别人娶不娶跟我没关系。"

"难道你不觉得我们也有点责任和义务吗？"

"我不明白你什么意思。如果她能成功，那她肯定会大受欢迎。这本身就蔚为壮观。"

"壮观，你什么意思？"

"呃，她攀龙附凤进入上流社会就像松鼠爬树一样神奇。"

"她一直以来还真是大胆无畏。但是就这样进入英国上流社会也太轻而易举了。像她这样的人都被接纳，这种事我可是闻所未闻。黑德韦太太只是看似要成功了而已。如果觉得一个人有什么不好的地方，他们肯定会揪住不放，最终让她像罗马帝国一样衰落。看一眼黑德韦太太你就能看得出她绝非什么贵妇人。她是漂亮，而且很漂亮，但是她看上去像个放荡不羁的裁缝。在纽约她完全默默无闻，我见过她三次，而且很显然她什么场合都去。我之前没有提到她，是想知道你会怎么办，我发现你想袖手旁观，后来这封信让我拿定了主意。这封信就是故意写给你看的，她有意为之。我来城里之前，她给我写了这封信，所以我一来就去见她了，因为我觉得这件事很重要。我告诉她要是她写封短信，我会一安顿下来就把它交到你的面前。她现在的确身处困境，我觉得你应该设身处地替她着想一下。你应该把事实原原本本都说出来。一个女人没权利来到英国就想要上流社会接纳她。昨天晚上，在多弗代尔夫人家里，我都害怕她认出我，来跟我说话，吓得我赶紧离开了。如果亚瑟爵士希望娶她这个人，那当然是他的事，但是他至少应该知道事实真相。"

多尔芬太太说话不紧不慢，不卑不亢，平静地娓娓道来。她神态安然，显然习惯了摆事实讲道理。但是，她内心深处还是希望给情场得意的黑德韦太太当头一棒，事情已经让她搞得乱七八糟。作为跨国婚姻的当事人，多尔芬太太自然希望她所在的阶层能团结一致，把准入门槛设得高不可及。

"在我看来她和那位年轻的准男爵很配。"利特尔莫尔边说边点上了另一支雪茄。

"很配？你是什么意思？可从来没有人说过他一丁点不好。"

"话是如此，不过他无足轻重，而她至少已经小有名气。她这个人非常聪明，并且跟其他那些嫁过来的女人相比，她一点也不差。我从来没听说过英国贵族有多么清白。"

"我可从来没听说过还有类似的事，"多尔芬太太说，"我只知道这一桩。我知道这件事纯属机缘巧合，而且还是别人求我帮忙。英国人非常浪漫——是世界上最浪漫的，你想说的应该也是这个意思。因为激情澎湃，他们会做些匪夷所思的事，哪怕那些你觉得最老实巴交的人也会出格。他们娶自己的厨子，嫁给她们的车夫，但是这样的浪漫总是以最凄惨的结局收场。我断定这一桩将会是最惨不忍睹的。你怎么会觉得这样一个女人值得信赖呢？我看到的是一个名门望族——英国最古老、最受人敬重的家族之一，族人行为端正、道德高尚——和一个令人鄙夷、声名狼藉、粗俗不堪的小女人，不知显贵为何物，却想削尖脑袋往里钻。我不愿看到这种事情发生，我想倾身营救！"

"我可不想，名门望族的事我都不屑一顾。"

"你和我一样，哪怕关心这件事也不是因为动机不纯，这一点毫无疑问。但为了贵族风雅，为了清风正气，难道我们不该管一管吗？"

"黑德韦太太没有不正派啊——你管得太多了。你必须记住她是我的老朋友。"利特尔莫尔变得非常严厉。因为兄妹关系，再加上多尔芬太太站在了英国人的角度，她都忘了利特尔莫尔跟黑德韦太太还有这一茬关系。

其实她忘得更加彻底。"哦，似乎你也爱上她了！"她嘀咕着转过脸去。

他充耳不闻，这话也没让他有什么刺痛的感觉。但是最终，为了把这件事给了了，他问这位贵妇人究竟想让他做什么。她难道想让他到皮卡迪利大街上对着路人大喊有一年冬天就连黑德韦太太的妹妹都不知道她丈夫究竟是谁吗？

针对这一质问，多尔芬太太用大声朗读德梅斯内夫人的那封信作为回应，而当她再次把信叠起来时，她哥哥表示这是他耳闻目睹过最不寻常的一封信。

"读着这封信太令人痛心了，简直就是悲痛的控诉，"多尔芬太太说道，"但是总而言之就是她希望你去拜访一下她。她并没有长篇累牍，但我读得懂字里行间的意思。而且，她还跟我说过为了见你她不惜任何代价。相信我，你有义务去一趟。"

"去破口大骂南希·贝克吗？"

"去大唱赞歌也可以，只要你愿意！"多尔芬太太这一招很聪明，但是她哥哥也没那么容易就上钩。他并不认可这是他的义务，并且拒绝跨进德梅斯内夫人家半步。"你不去的话，她会来拜访你。"多尔芬太太断然说道。

"她要是来，我会告诉她南希就是个天使。"

"如果良心过得去你可以这么说，她听了也会很高兴的。"多尔芬太太边回答边拿起了她的披风和手套离开了。

第二天跟鲁珀特·沃特维尔在圣乔治俱乐部见面的时候——他们经常在这里碰头，俱乐部的热情款待让各国参赞和他们所代表的本国国民好评如潮——利特尔莫尔告诉他自己的预言已经实现了，并且德梅斯内夫人一直在提议跟他面谈。"她的信非比寻常，我妹妹读给我听了。"他说。

"什么样的信？"

"一个惶惶不安到任何事情都会做的女人写的信。我可能冷酷无情至极，但她的惶恐让我觉得很逗。"

"你的处境就像《半上流社会》里的奥利维尔·德·雅丹。"沃特维尔说道。

"什么《半上流社会》？"利特尔莫尔一下子没理解这句话背后的文学典故。

"难道你忘了我们在巴黎看过的那部戏了吗？你的处境还可以说像《女冒险家》里的唐·法布里斯。这部戏说的是一个坏女

人费尽心机要嫁给一位正人君子，他根本不知道她卑鄙龌龊至
极，那些知情的人便插手介入，把她的阴谋挫败了。"

"噢，我记得。整部戏净是些讹言谎语。"

"但无论如何他们阻止了那场婚姻，这是件天大的好事。"

"如果和你利害攸关，你就会觉得是件好事。他们一个是那
个家伙的知己，另一个是他儿子。而德梅斯内又不是我什么人。"

"他是个很不错的小伙子啊。"沃特维尔说。

"那你就去告诉他吧。"

"让我扮演奥利维尔·德·雅丹的角色？哦，我演不来，我
可不是奥利维尔。但是我希望他别上当，确实不应该让黑德韦太
太如愿以偿。"

"我跟上帝祈祷他们别来烦我。"利特尔莫尔对着窗外凝视了
一会儿，悲伤地喃喃道。

"你还坚持你在巴黎提出的论调吗？你愿意做伪证吗？"沃
特维尔问道。

"我完全可以拒绝问答任何问题，包括你刚才提的那个。"

"我之前也说过，你拒绝回答就等于盖棺定论。"

"随便别人怎么认为。我想我还是去巴黎算了。"

"那样也就相当于你拒绝回答，但这也是最好的选择了。我
一直在深思这件事情，在我看来，从上流社会的角度来看，呃，
我也说过，确实不应该让她如愿。"

沃特维尔好像是站在更高的角度来看待这件事情，他的语
气、他脸上的表情都透出这种高高在上洒脱的姿态，利特尔莫尔

看着他的朋友年纪轻轻却如此喜欢说教，觉得特别气恼。

"绝不走，无论如何也不走，他们休想赶我走！"他突然大声说，只留下他朋友目送着他离开。

第十章

这件事之后第二天早上，利特尔莫尔收到了黑德韦太太的一封信——信非常简短，只有寥寥数语："今天下午在家，能五点来看我吗？我有事要跟你说。"他并没有回复，但在指定的时间来到了她位于切斯特菲尔德街的小家。

"我相信你不了解我是怎样的女人！"她一见到他就这样大声说道。

"哦，天哪！"利特尔莫尔痛苦地说，他一屁股坐到椅子上继续说，"还是不要聊这个话题了吧！"

"我要说——我要说的就是这件事。这很重要。你确实不了解我，你不理解我。你自以为理解，但你根本不懂我。"

"你早就这么跟我说过，已经说了很多很多遍啦！"尽管利特尔莫尔觉得后面要聊到的事一定会很无聊，他依然微笑着。但所有的一切汇成一句话，黑德韦太太的确很讨人厌，她根本不应该被饶恕！

听到这句话，她稍稍有点愤怒地瞪着他，脸上的笑容也不见了。她看上去心潮澎湃，一副老气横秋的模样，而且这种变化彻彻底底，但是她反而气急而笑，说道："是的，我知道，男人太愚蠢。女人跟男人说点什么他们就了解点什么，除此之外，一无所知。但是女人说什么有自己的目的，就想看看男人到底能蠢到什么程度。我是跟你说过这种事，也就是百无聊赖的时候为了好玩。你要是信了，那就是你自己的问题了。但是现在我是认真的，我真的想让你了解我。”

“我不想，我了解得够多了。”

“你了解得够多是什么意思？”她红着脸大声说道，“你知道那点事都有什么用？”这个可怜的小女人，因为情绪激昂，也不管前顾后了，并且利特尔莫尔对于她的质问一笑了之，在她听来这笑声肯定无比刺耳。“不管怎样，我想让你知道的事你的确应该知道。你觉得我是个坏女人——你不尊敬我，这一点我在巴黎也跟你说过。我做过一些直到今天我自己都搞不懂的事，这一点我承认，我完全承认。但是我已经脱胎换骨了，并且我想去改变这一切。你也应该体谅我，应该明白我想要的是什么。之前发生在我身上的一切我都深恶痛绝，令我讨厌，让我鄙视。我重复过老路，尝试过这样或者那样的事。但是现在我拥有了自己想要的东西。你想让我跪下来求你吗？我相信自己会那么做，我现在很彷徨。只有你能帮我，其他人一点也帮不上，他们什么也做不了，他们只是在等着看他会不会娶我。在巴黎我就告诉过你你能帮我，现在也是如此。老天呀，替我说句好话吧！你是一点忙都不肯帮啊，要不然我早就知道你伸出过援手了。你帮一下都会让我的处境大不一样。或者要是你妹妹来拜访过我，我也会顺风顺水。女人们冷酷无情，你也同样冷酷。想要你妹妹来拜访我并不是因为她是什么了不起的人物，我大部分朋友都比她强！但是，她了解我，别人知道她了解我。他知道她了解我，也知道她不来看我。所以是她毁了我——她毁了我！我完全明白他想要什么——我会竭尽全力，随他心愿，做一个最完美的妻子。当他母亲了解了我的为人也会喜欢我，而她却看不到这一点，简直太蠢了。过去的一切都已经结束了，在我眼前分崩离析，那是另一个女人的过去。之前我就想要这样的婚姻，我知道总有一天我会得到。但是生活在那些可怕的地方我又能怎么办？我只能逆来顺受。但是现在我到了一个很好的国家。我希望你公平地对待我，你从来没有公平地对待过我，这就是我写信让你来的目的。"

利特尔莫尔突然不再觉得无聊了，他的内心五味杂陈。不被她这番话触动是不可能的，她说的完全是真心话。一个人本性难移，却可以改变愿望、理想和努力的程度。她如此语无伦次并且情绪激昂的抗议本身就是一种保证，说明她确实渴望受人尊敬。但是，这个可怜的小女人无论付出多少都注定被人责难，正如利特尔莫尔在巴黎跟沃特维尔说过的那样，她只会一败涂地。听着她既焦躁又自大的一番倾诉，利特尔莫尔的脸都红了，她的早年生活的确经营得不好，但也没到要给他下跪求情的地步。"听到你说这番话我很痛苦，"他说，"你没有义务跟我说这些事，而且你完全误解了我的态度，我也没有那么大的影响力。"

"哦，那是，你在逃避——你只希望躲得远远的！"她大声说着，并把她身下的沙发垫猛地扔到一边。

"你想嫁给谁就嫁给谁去，关我什么事！"利特尔莫尔几乎大叫起来，嗖的一下站了起来。

还没等他说完，门就被推开了，用人说亚瑟·德梅斯内爵士来了。准男爵兴冲冲地走进来，看到黑德韦太太还有一位客人他愣了一下。但是，认出来是利特尔莫尔之后，他惊叫了一声，这也算是打招呼了。他进来的时候黑德韦太太站了起来，非常热切地分别看了俩人一眼，然后好像突然灵光一闪，拍着手大声说道："真高兴你们见面了，要是我能安排你们两个这样见面，那就再好不过了！"

"要是你提前这么安排是什么意思？"亚瑟爵士说。他高高白皙的前额上出现了些许皱纹，利特尔莫尔却深信不疑这确确实实就是她提前安排好了的。

"我要去做件奇怪的事。"她继续说道，而且她闪烁其词的眼神也佐证了她的话。

"你很亢奋，恐怕病了吧。"亚瑟爵士拿着自己的帽子和拐杖，依然站在那边说道，显然他很恼火。

"这是个天赐良机，我就借这个机会让你们聊聊，你们千万别在意。"她含情脉脉地对着准男爵抛了一个媚眼，"我期待这一刻已经很久了，可能你们也看出来我希望有这么个机会。利特尔莫尔已经认识我很久很久了，他是我很老很老的朋友。我在巴黎就跟你说过，难道你不记得了吗？好吧，他也是我唯一的好朋友，我想让他谈一下对我的看法。"她的目光聚焦在利特尔莫尔身上，眼神妩媚至极。尽管她还在明显地颤抖着，脸上却已再次绽放出笑容。她继续说道："他是我唯一的朋友，这也是一大遗憾，你早就该认识我别的朋友了。但是我就孤孤单单一个人，我只能尽我所能了。我特别想找别人来谈对我的看法。女人一般会请位亲戚或者闺中密友来帮忙，我做不到，这也是一大遗憾，是我的不幸，但这也不是我的错。我家人都不在这里，而且我本来就孤苦伶仃的。但是利特尔莫尔会告诉你的，他会告诉你他认识我已经很多年了，他还会告诉你他是不是有什么理由反对我们交往——他是不是了解我有什么不好的事。他一直想找个机会，但是他觉得他自己也无从谈起。可爱的利特尔莫尔先生，你看，我确实当你是我的老朋友。我先走一步，你和亚瑟爵士聊一聊。你们两位，我先走了。"在提议两个人聊一聊的时候，她一直面对着利特尔莫尔，专注的表情就像魔法师在施法念咒。她又朝亚瑟爵士微微一笑，然后便昂首阔步离开了房间。

这两个男人就这样深陷窘境，而这都是她一手造成的，他俩一动没动，连门都没去给她开。她自己关上门，屋里暂时陷入一片死寂。亚瑟·德梅斯内爵士脸色十分苍白，低头死死地盯着地上。

"我现在可是进退两难，"利特尔莫尔终于开口说话了，"我觉得这种安排你我都接受不了。"

准男爵依然保持着刚才的姿势，既不抬头也不回答。利特尔莫尔突然间心潮澎湃，觉得他很可怜。亚瑟爵士当然无法接受这种局面，但与此同时，他又颇为焦虑，很想了解一下这位既很必要又很多余、既很熟悉又很神秘的美国人会如何应对黑德韦太太出的难题。

"你有什么问题要问我吗？"利特尔莫尔继续说道。

听见他这么说，亚瑟爵士才抬起头来。利特尔莫尔看到了他脸上的表情，而这种表情他之前见过，上次准男爵在巴黎拜访过他之后，他还跟沃特维尔描述过。但他现在的表情里还掺杂着更多的一些东西，有羞愧、恼怒还有傲慢，但最明显的还是一种强烈的好奇心。

"老天爷啊，我该怎么跟他说呢?"利特尔莫尔内心在呐喊着。

亚瑟爵士的犹豫不决只持续了一小会儿，但是在他迟疑的片刻工夫，利特尔莫尔却紧张得大气也不敢喘，他甚至连钟表的滴答声都听得清清楚楚。"没有，我没有问题问你。"这个年轻人镇定到近乎傲慢的回答令他诧异不已。

"那就再见了。"

"再见。"

利特尔莫尔就这样走了，把亚瑟爵士独自留在屋里。他以为会在楼梯口碰见黑德韦太太，但是并没碰到，而是一路安安稳稳地离开了。

第二天午餐后，正要出门离开安妮女王门大街的小公馆时，邮递员递给他一封信。利特尔莫尔便拆开信，站在门前的台阶上开始读了起来，一会儿就读完了。信的内容如下：

亲爱的利特尔莫尔：

你应该有兴趣了解，我和亚瑟·德梅斯内爵士订婚了，并且等到这届愚蠢的议会一休会我们便举行婚礼。但是这中间还有些日子，我确信这段时间里你能一如既往谨慎为上。

南希谨上

附言：因为昨天的事他跟我大吵大闹，但是晚上的时候他又来跟我重归于好了。事情就这么尘埃落定了。他不肯告诉我你们两个人之间到底谈了些什么，他请求我再也别提起这个话题。我才不管他，我肯定你会告诉我的！

利特尔莫尔把信塞进口袋就出发了。他本来出门有很多事要做，但是现在却统统记不起来了，还没等回过神，他已经来到了海德公园①。他没有理会一边的马车和乘客，沿着九曲湖围着肯辛顿花园走了一大圈。他觉得很生气，而且比他原以为的还要失望，如果他之前曾设想过的话。虽然南希·贝克已经成功，但她的成功有些令人不快，他都有点后悔没跟亚瑟爵士说："哦，好吧，你知道，她不是什么好人。"但是，现在事情已经尘埃落定，至少他们再也不会来烦他了。他走着走着，怒气也消了，在去做他出门打算做的事情的时候，他已经不考虑黑德韦太太了。他六点钟回到家，给他开门的用人告诉他多尔芬太太早就要求他一回来就告诉他，她希望在客厅跟他碰个头。"这肯定又是一个陷阱！"他本能地自言自语道。但是，尽管他心里这么想，他还是上楼去了。多尔芬太太经常闲坐在这个客厅里，他一进去就发现

---

① 海德公园（Hyde Park），伦敦最知名的公园，位于伦敦市中心。

她还有位客人。两位女士正站在客厅中间，客人个子高高的，年纪挺大，很显然她正要离开。

"太高兴了，你终于回来了。"多尔芬太太避开了她哥哥的眼神说道，"我很想介绍你认识德梅斯内夫人，刚才还在想你能早点回来。"然后，她转身朝着她的同伴说："你真的必须要走吗？你就不多待一会儿？"还没等她回答，她又急急忙忙说道："我得先离开一会儿，对不起啦。我一会儿就回来！"还没等反应过来，利特尔莫尔发现屋里就只剩下他和德梅斯内夫人了。他知道，既然自己不愿去拜访她，她就自己采取行动了。看到她妹妹跟南希·贝克玩弄同样的伎俩，他心里同样有种说不出的感受。

"啊，她肯定是坐立不安！"站在德梅斯内夫人跟前的时候他心里想。她看起来柔弱谦恭甚至有点战战兢兢，但依然昂首而立，一副平静的模样。她跟黑德韦太太有天壤之别，相比之下，他现在觉得南希已经成功的想法反而让她有种战败的尊严，这让他觉得对不起她。她也没有浪费时间，直接开门见山——考虑到自己的处境，显然她觉得她唯一的优势就是直截了当，直奔主题。

"能跟你聊一会儿我非常高兴。我很想问一下，有个你认识的人能不能给我透漏一点点消息，至于是谁我已经跟多尔芬太太写信说过了。我说的是黑德韦太太。"

"你不坐一下吗？"利特尔莫尔问道。

"不坐了，谢谢你。我赶时间。"

"我能问一下您为什么打听她的事吗？"

"当然我得告诉你我的理由是什么。我怕我儿子会娶她。"

利特尔莫尔刹那间困惑不解，但马上就断定她还不知道黑德韦太太在信里说的那些既成事实。"您不喜欢她吗？"他说，这一问明显是多此一举。

"一点也不喜欢。"德梅斯内太太微笑着看着他说道。她笑得很温柔，毫无怨恨，利特尔莫尔觉得她笑得很动人。

"您想让我说什么？"他问道。

"你觉得她是不是正派。"

"即使知道对您又有什么好处呢？这怎么可能会左右整件事？"

"如果你认可她，当然对我没什么用。但如果你的评价是负面的，我就可以跟我儿子说伦敦有位认识她超过半年的人认为她是个坏女人。"

德梅斯内太太红口白牙说出这样的不雅之词，利特尔莫尔倒也并没觉得有什么不妥。他突然开始认识到有必要把真相如实告诉她，就像他之前在法兰西剧院回答鲁珀特·沃特维尔的第一个问题时那样。"我觉得她不是个正经女人。"他说。

"我就知道你会这么说。"德梅斯内夫人听到后心情似乎有点澎湃。

"我不能再多说了，一个字也不能说了。这就是我的看法，我觉得对您也没用。"

"我觉得有用。我就希望听你亲口这么说，这关系重大，我非常感激。"德梅斯内夫人说，然后她主动让他吻手告别，之后利特尔莫尔便默默地把她送走了。

对于自己所说的话，他既没觉得不安也不后悔，只是感到释然，可能是因为他觉得自己说不说都无关紧要吧，而所有一切归根到底重要的只有一点——他自己感觉是否合适。他只希望自己还告诉了德梅斯内夫人，黑德韦太太很可能会成为她儿子的贤妻。但是，说与不说反正也没什么用。他妹妹特别好奇他跟德梅斯内夫人的会面为何如此短暂，但是他要求她别再拿这个话题来烦他。多尔芬太太高兴了几天，相信英国上流社会不会再出现一些讨厌的美国人让她的祖国蒙羞。

但是，她的满满自信很短命。一切的一切都徒劳无功，或许，是因为一切为时太晚。伦敦社交圈在七月的头几天听到传言，并非亚瑟·德梅斯内爵士要娶黑德韦太太，而是这一男一女已经秘密完婚了。对黑德韦太太而言，这么做正合她心意。德梅斯内夫人悄无声息地回乡下去了。

"我本以为你的做法会不一样呢，"多尔芬太太脸色苍白地对她哥哥说道，"但是，当然，现在一切都水落石出了。"

"没错，让她成了上流社会的宠儿！"利特尔莫尔冷笑着回答道。在和德梅斯内夫人短暂的会面后，他觉得自己无法再去面对她儿子了，他不知道——他也不想知道——在黑德韦太太如日中天之际，她有没有原谅他。

非常奇怪的是，对于黑德韦太太的成功，沃特维尔感到义愤填膺。他觉得黑德韦太太永远都不应该被允许嫁给一位轻信别人的绅士，并且在和利特尔莫尔聊天的时候他说的话跟多尔芬太太说的话一模一样。他也以为利特尔莫尔的做法会不一样。

他说话的时候言辞异常激烈，连利特尔莫尔都使劲地看着他，看得足以让他脸红耳热。

"你自己想要娶她吗?"利特尔莫尔问道，"兄弟啊，你爱上她了! 所以你才会这副模样。"

然而，沃特维尔脸更红了，他愤愤不平地一口否认。后来，纽约那边传来消息: 人们开始四处打听黑德韦太太究竟是何方神圣。

后　记

◎李和庆

经过四年多的努力，这套"亨利·詹姆斯小说系列"终于付梓，与读者朋友们见面了。借此后记，一是想感谢读者朋友的厚爱，二是希望读者朋友了解和理解译事的艰辛。

二〇一五年初，我向九久读书人交付拙译《美妙的新世界》稿件后，跟著名翻译家、上海海事大学教授吴建国先生和九久读书人副总编邱小群女士喝下午茶时，邱女士说九久读书人有意组织翻译亨利·詹姆斯的作品，问我有没有兴趣和勇气做这件事。说心里话，我当时眼睛一亮，一方面是因为长期以来她给予我的信任着实让我感动，另一方面是为自己能得到一次攀译事高峰的机会感到高兴，但同时，我心里也有些忐忑。众所周知，詹姆斯的作品难译，自己是否有足够的能力去承担如此重任？我虽然此前曾囫囵吞枣地看过詹姆斯的《一位女士的画像》和《黛西·米勒》，但对他和他的作品一直缺少深入的了解和认识。回家后，我便利用现代化的网络拼命补课，结果发现，国内乃至整个华人世界对亨利·詹姆斯作品的译介让人大失所望，中文读者几乎没有机会去全面领略詹姆斯在小说创作领域的艺术成就。三个月后，在吴教授和邱女士的"怂恿"下，我横下心来决定要去啃一啃外国文学界和翻译界公认的"硬骨头"。

无可否认，亨利·詹姆斯是十九世纪末至二十世纪初美国继霍桑、梅尔维尔之后最伟大的小说家，也是美国乃至世界文学史上举足轻重的艺术大师，被誉为西方心理现代主义小说的先驱，"在小说史上的地位，便如同莎士比亚在诗歌史上的地位一般独一无二"（格雷厄姆·格林语）。詹姆斯是一位多产作家，一生共创作长篇小说二十二部、中短篇小说一百一十二篇、剧本十二部。此外，他还写了近十部游记、文学评论和传记等非文学创作类作品。面对这样一位艺术成就如此之高、作品如此庞杂而又内涵丰富的作家，要想完整呈现他的艺术成就，无疑是一项浩大而又艰巨的系统工程。要将这样一位作家呈献给中文读者，选题便成了相当棘手的问题。此后近一年的时间里，经过与吴教授和邱女士反复讨论，后经九久读书人和人民文学出版社领导审批立项，选题最终由我们最初准备推出的亨利·詹姆斯小说作品全集，逐渐浓缩为亨利·詹姆斯小说作品精选集。

说到确定选题的艰难历程，有必要先梳理一下詹姆斯小说作品在我国的译介情况。国内（包括港台地区）对詹姆斯的译介始于二十世纪八十年代，现今我们看到的詹姆斯作品的译本以中篇小说居多，其中包括《黛西·米勒》（赵萝蕤，1981；聂振雄，1983；张霞，1998；高兴、邹海仑，1999；张启渊，2000；贺爱军、杜明业，2010）、《螺丝在拧紧》（袁德成，2001；高兴、邹海仑，2004；刘勃、彭萍，2004；黄昱宁，2014；戴光年，2014）、《阿斯彭文稿》（主万，1983）、《德莫福夫人》（聂华苓，1980）、《地毯上的图案》（巫宁坤，1985）和《丛林猛兽》（赵萝蕤，1981）；长篇小说有《华盛顿广场》（侯维瑞，1982）、《一位女士的画像》（项星耀，1984；唐楷，1991；洪增流、尚晓进，1996；吴可，2001）、《使节》（袁德成、敖凡、曾令富，1998）、《金钵记》（姚小虹，2014）、《波士顿人》（代显梅，2016）和《鸽翼》（萧绪津，2018）。此外，新华出版社于一九八三年出版过一部《亨利·詹姆斯小说选》（陈健译），其中包括《国际风波》《黛西·米勒》和《阿斯帕恩的信》^①三个中篇小说；湖南文艺出版社于一九九八年出版过一部《詹姆斯短篇小说选》（戴茵、杨红波译），其中包括《四次会面》《黛西·米拉》^②《学生》《格瑞维尔·芬》《真品》《螺丝一拧》^③和《丛林怪兽》七个中短篇小说^④。纵观上述译本，我们发现，国内翻译界对詹姆斯中长篇小说的译介基本是零散的，缺少系统性，短篇作品则大多无人问津。

鉴于此，选题组在反复研究詹姆斯国内译介作品的基础上，决定首先精选詹姆斯各个时期的代表性作品，最终确定了首批詹姆斯译介的精选书目，共涵盖了六部长篇小说：《美国人》（1877）、《华盛顿广场》（1880）、《一位女士的画像》（1881）、《鸽翼》（1902）、《专使》（1903）和《金钵记》（1904），四部中篇小说：《黛西·米勒》（1878）、《伦敦围城》（1883）、《螺丝在拧紧》（1898）和《在笼中》（1898），以及各个时期的短篇小说十八篇。读者朋友从选题书目上可以看出，此次选题虽然覆盖了詹姆

---

① 即《阿斯彭文稿》（The Aspern Papers）。
② 一般译为《黛西·米勒》。
③ 一般译为《螺丝在拧紧》。
④ 此译本虽然命名为"短篇小说选"，但学界一般认为《黛西·米勒》《螺丝在拧紧》均为中篇。

斯各个时期的作品，但主要还是将目光放在了詹姆斯创作前期和后期的作品上，尤其是他赖以入选一九九八年美国"现代文库""二十世纪百部最佳英语小说"榜单、代表其最高艺术成就的三部长篇小说《鸽翼》《专使》和《金钵记》。詹姆斯的其他重要作品此次虽然没有收入，但我们相信，这套选集应该足以展示詹姆斯各创作时期的写作风格。此外，这套选集中的长篇小说《美国人》、中篇小说《在笼中》《伦敦围城》以及绝大多数短篇小说均属国内首译，以期弥补此前国内詹姆斯作品译介的空白，让中文读者能更好地认识这位与莎士比亚比肩的文学大师。

选题确定后，接下来的任务便是组建译者队伍。我们首先确定了组建译者队伍的基本原则：译者必须是语言功力深厚、贯通中西文化、治学严谨、勇于挑战的"攻坚派"。本着这样的原则，我们诚邀海峡两岸颇有影响的专家、学者，最后组建了现在的译者队伍，其中既有大名鼎鼎的职业翻译家，也有上海交通大学、华东理工大学、上海海事大学、上海电机学院等国内高校的专家、教授。他们不仅在日常的教学科研工作中治学严谨、成绩斐然，而且在翻译实践领域也是秉节持重、著作颇丰，在广大读者中都有自己忠实的拥趸。

说起亨利·詹姆斯，外国文学界和翻译界有一种不言自明的共识，那就是：詹姆斯的作品"难译"。究其原因，詹姆斯作品的艺术风格与酷爱乡土口语的马克·吐温截然不同。詹姆斯开创了心理分析小说的先河，是二十世纪小说意识流写作技巧的先驱。他的小说大多以普通人迷宫般的心理活动为主，语句冗长晦涩，用词歧义频生，比喻俯拾皆是，人物对话过分精雕，意思往往含混不清。正因如此，他在世时钟情于他的美国读者为数不多，他的作品一度饱受争议，直到第二次世界大战前美国出现"第二次文艺复兴"时，作为小说家和批评家的詹姆斯才受到充分的重视。

面对这样一位作家和他业已历经百年的作品，该如何向生活在一个世纪之后的现代读者再现詹姆斯的艺术成就，便成了译者共同面对的问题。翻译任务派发后，各位译者先是阅读和研究原著，之后又通过各种方式和渠道，多次探讨译著该如何再现原著风格的问题。虽然译者年龄不同，阅历不同，研究方向不同，学术造诣不同，对原著文本的把握也有差异，但大家最后取得的共识是：恪守原著风格的原则不能变。我曾在一次读者见面会上见到出版界的老前辈章祖德先生，并就翻译詹姆斯作品的种种困难以及如何克服等问题虔心向章老请教。章老表示，虽然詹姆斯的作品晦涩难懂、歧义频现，现代读者可能很难静下心来去阅读，但翻译的任务就是要再现原作的风采，不然，詹姆斯就成了通俗小说家欧文·华莱士和丹·布朗了。在翻译詹姆斯作品的过程中，章老的教诲我时刻铭记在心，丝毫不敢苟且。

说起做翻译，胡适先生曾说过："译书第一要对原作者负责，求不失原意；第二要对读者负责，求他们能懂；第三要对自己负责，求不致自欺欺人。"胡适先生的观点，也是此次参与詹姆斯小说作品译介项目的译者们的共识。

翻译詹姆斯的作品，能做到胡适先生提出的前两重责任已经是非常困难的了。胡适先生提出的"求不失原意"，其实就是严复的"信"和鲁迅先生的"忠实"。对译者来说，恪守这一点是译者理应秉持的态度，但问题是译者应该如何克服与作者间存在的巨大时空差距，做到"对原作者负责"。詹姆斯的作品大都语句烦琐冗长，用词模棱两可，语义晦暗不明，译者要想厘清"原意"，需挖空心思、绞尽脑汁、字斟句酌、反复推敲。在很多时候，为了准确理解一句话，译者需要前后反复映衬，甚至通篇关照。为了"不失原意"，译者必须走进作品，进入角色的内心世界，既做"导演"又做"演员"，根据作品的文本语境和时空语境，去深入体味作品中每个人物角色的心理活动，根据角色的性别、性格、年龄、身份、地位和受教育水平，去梳理作家通过这些角色意欲向读者传达的意图和意义。

胡适先生提出的"对读者负责"，其实就是严复的"达"和鲁迅先生的"通顺"的要求，用当代学术语言说，就是译文的接受性问题。詹姆斯的作品创作于十九世纪七十年代到二十世纪初，其小说当然是以那个时代欧美社会的物质生活和精神生活为背景的，小说的语言风格也是维多利亚时代的文风。一百多年过去了，在物质生活已经极其丰富、生活方式已经发生质变、意识形态和伦理道德均已大异其趣的今天去翻译他的作品，该如何吸引生活在当今数字化、信息化时代的读者去读詹姆斯的作品，而且让读者"能懂"作者的意图，是译者面临的巨大挑战。对此，译者们的态度是，在"不失原意"、恪守原作风格的前提下，在文本处理上，适当关照当代读者的阅读感受。比如，詹姆斯的作品中往往大量使用人称代词和替代，在很多情况下，为了厘清原著中的指代关系，读者往往需要返回上文，但更多的则是要到下文中很远的地方去寻找，这种"上蹿下跳"式的阅读方式无疑会严重影响读者的阅读体验。为此，在翻译过程中，译者根据上下文所指，采取明晰化补充的处理方式，目的就是照顾中文读者的阅读感受，省却"上蹿下跳"的阅读努力。本质上说，这种处理方式也是恪守译文必须"达"和"通顺"的要求，而"达即所以为信"。

就翻译而言，译者如能恪守前两重责任，似乎已经足够了，可胡适先生为什么还要提出第三重责任呢？这一点胡适先生没有详述，但对一个久事翻译的人来说，无论是从事文学翻译，还是非文学翻译，都必须具有高度的职业责任感和历史使命感，对译事必须"不忘初心"，始终如一地怀有敬畏之心。换句话说，在翻译过程中，译者自始至终都要用心、动情，不可苟且。只有"用心"，译者拿出来的译文才能经得起时间的考验。"用心"是译者"对原作者负责"和"对读者负责"的前提，也是当下物欲蔽心、人事浮躁的大环境下，对一个优秀译者的基本要求，也是最根本的要求。

培根说过，"书有可浅尝者，有可吞食者，少数则须咀嚼消化"。詹姆斯的作品概属"须咀嚼"方能"消化"的，对译者而言如此，对读者朋友来说何尝不是这样呢？培根还说，"读书足以怡情，足以博彩，足以长才"（王佐良译）。"怡情"也好，"博彩""长才"也罢，相信读者朋友读詹姆斯的作品自会各有心得。

在结束这篇后记之前，我要借此机会感谢以各种方式为这套选集翻译出版做出重大贡献的同志们。首先，感谢九久读书人和人民文学出版社的领导，是他们慧眼识金，使得这套选集能呈现在读者朋友面前。其次，感谢吴建国教授和邱小群副总编，是他们取之不尽、用之不竭的智慧，使得这套译著有望成为真正意义上的"精选"。再次，感谢这套译著的所有编辑和译审，对他们一丝不苟、"吹毛求疵"的敬业精神和"为人做嫁衣"的无私奉献，我表示由衷的感谢。此外，还要感谢所有译者几年来夜以继日、不避艰难的笔耕，以及他们的家人所给予的莫大支持。最后，要衷心感谢作为读者的您，如蒙不辞辛劳、不避讳言地批评指正，译者会备感荣幸。

2020 年 6 月于滴水湖畔